फणीश्वरनाथ रेणु

जन्म : 4 मार्च, 1921। **जन्म-स्थान** : औराही हिंगना नामक गाँव, जिला पूर्णिया (बिहार)।

हिन्दी कथा-साहित्य में अत्यधिक महत्त्वपूर्ण रचनाकार। दमन और शोषण के विरुद्ध आजीवन संघर्ष। राजनीति में सक्रिय हिस्सेदारी। 1942 के भारतीय स्वाधीनता-संग्राम में एक प्रमुख सेनानी की भूमिका। 1950 में नेपाली जनता को राणाशाही के दमन और अत्याचारों से मुक्ति दिलाने के लिए वहाँ की सशस्त्र क्रान्ति और राजनीति में सक्रिय योगदान। 1952-53 में दीर्घकालीन रोगग्रस्तता। इसके बाद राजनीति की अपेक्षा साहित्य-सृजन की ओर अधिकाधिक झुकाव। 1954 में बहुचर्चित उपन्यास *मैला आँचल* का प्रकाशन। कथा-साहित्य के अतिरिक्त संस्मरण, रेखाचित्र और रिपोर्ताज आदि विधाओं में भी लिखा। व्यक्ति और कृतिकार, दोनों ही रूपों में अप्रतिम। जीवन के सांध्य वेला में राजनीतिक आन्दोलन से पुनः गहरा जुड़ाव। जे.पी. के साथ पुलिस दमन के शिकार हुए और जेल गए। सत्ता के दमनचक्र के विरोध में पद्मश्री लौटा दी।

कृतियाँ : *मैला आँचल, परती परिकथा, दीर्घतपा* (उपन्यास); *ठुमरी, अगिनखोर, आदिम रात्रि की महक, एक श्रावणी दोपहरी की धूप, सम्पूर्ण कहानियाँ* (कहानी-संग्रह); *ऋणजल धनजल, वन तुलसी की गन्ध, श्रुत-अश्रुत पूर्व* (संस्मरण) तथा *नेपाली क्रान्ति-कथा* (रिपोर्ताज); *रेणु रचनावली* (समग्र)।

देहावसान : 11 अप्रैल, 1977

कितने चौराहे

फणीश्वरनाथ रेणु

राजकमल पेपरबैक्स

पहला पुस्तकालय संस्करण
अनुपम प्रकाशन, पटना द्वारा
1966 में प्रकाशित

राजकमल पेपरबैक्स में
पहला संस्करण : 2013
आठवाँ संस्करण : 2026

राजकमल पेपरबैक्स : उत्कृष्ट साहित्य के जनसुलभ संस्करण

राजकमल प्रकाशन प्रा.लि.
1-बी, नेताजी सुभाष मार्ग, दरियागंज
नई दिल्ली-110 002
द्वारा प्रकाशित

शाखाएँ : अशोक राजपथ, साइंस कॉलेज के सामने, पटना-800 006
पहली मंजिल, दरबारी बिल्डिंग, महात्मा गांधी मार्ग, प्रयागराज-211 001
1, अनमोल सोराबजी सन्तुक लेन, धोबी तलाव, मरीन लाइंस, मुम्बई-400 002
वेबसाइट : www.rajkamalprakashan.com
ई-मेल : info@rajkamalprakashan.com

बी.के. ऑफसेट
नवीन शाहदरा, दिल्ली-110 032
द्वारा मुद्रित

मूल्य : ₹ 250

KITNE CHAURAHE
Novel by Phanishwar Nath 'Renu'

ISBN : 978-81-267-2698-1

किशोर शहीद ध्रुव कुण्डू को–

उन्होंने कहा–आगे मत बढ़ो, लौट जाओ।
तुमने कहा–झंडा फहराकर ही लौटूँगा।
उन्होंने कहा–गोली मार दूँगा।
तुमने छाती तान दी।
झंडा तुमने फहराया,
उन्होंने गोली दागी–
गोली दाग दी!...

–'रेणुदा'

एक

अगहन का महीना है। सुबह का समय। खलिहान में धान की दवनी हो रही है। जाड़े की रात बड़ी होती है, इसलिए सभी प्राणी सूरज उगने के दो घड़ी पहले ही जग जाते हैं। अलाव के पास सकरकंद पकाने के लिए बच्चे आ रहे हैं—एक-एक कर। चारों ओर कुहासा छाया हुआ है। लोग कुछ बोलते हैं तो मुँह से भाप निकलती है, मानो हर आदमी बीड़ी या हुक्का पी रहा हो...!

मनमोहन को अपने पिता की याद आई। उसके पिता ने बार-बार कहा है, 'शहर जाकर 'शहरी लड़का' मत बन जाना। बीड़ी-सिगरेट मत पीना।'

मनमोहन को इस बार अपर प्राइमरी की परीक्षा में छात्रवृत्ति मिली है—स्कॉलरशिप! आज वह अपने पिता के साथ अररिया-कोर्ट हाई-स्कूल जायेगा, नाम लिखाने!

मनमोहन मन-ही-मन सोचने लगा...शहरी? शहर जाकर 'शहरी' मत बन जाना! तो फिर शहर के स्कूल में भेजते ही क्यों हैं? फूफा और फूफी ने कितना कहा कि सिमरबनी स्कूल—यानी उनके गाँव के स्कूल का जिला-भर में नाम है। बाबूजी ने हँसकर उड़ा दिया, 'स्कूल का नाम जिला-भर में हो जाय, मगर रहेगा हमेशा 'गँवई' स्कूल ही।'...मनमोहन ने भी एक बार दबी जुबान से कहा था कि वह सिमरबनी स्कूल में ही पढ़ेगा। इस बात पर मनमोहन के काका ने झिड़ककर कहा, 'कोसी के किनारेवाले गाँव में जाकर बनैला सूअर

बनेगा?' बनैला...घैला...शहरी...गँवई?

मनमोहन अपने बिछावन पर बैठा हुआ सोच रहा था, शहर के स्कूल की कल्पना कर रहा था। रह-रहकर एक डर समा जाता है उसके मन में।...मोहरिल मामा की चेतावनी उसको याद आती है–'अँगरेजी में सवाल का जवाब दे सकोगे तो?...वहाँ तुमसे भी छोटे बच्चे अँगरेजी में तुमसे नाम-धाम पूछेंगे।'

मोहरिल मामा मनमोहन के अपने मामा नहीं। उनका कोई नहीं। जाति के भी नहीं। 'परजात-परमिन' हैं। न जाने किधर का रिश्ता जोड़कर बाबूजी को 'पाहुन' और माँ को 'दीदी' कहते हैं। बाबूजी कचहरी जाते हैं और कभी रात में रह जाना पड़ता है, तो मोहरिल मामा के बासा पर ही ठहरते हैं। अगहनी-भदई और रब्बी फसल तैयार हो जाने के बाद मोहरिल मामा गाड़ी लेकर आते हैं–धान, चूड़ा, कुलथी, अरहर, घास, चूनी-भूसी अथवा बाँस माँगने। काका कुनमुनाते हैं, कभी-कभी। मगर बाबूजी उनको समझा देते हैं–'कर-कचहरी' के बहुत सारे जरूरी काम मोहरिल बिना पैसे के सँभाल देता है।

इस बार आये तो बाबूजी ने कहा, "हम लोगों का विचार है मनमोहन को अररिया-कोर्ट स्कूल में भर्ती करवाने का। बोर्डिंग में कितना खर्चा पड़ेगा हर महीना...?"

मोहरिल मामा ने दाँत से जीभ को दबाकर, आँखें 'बचाकर' कहा, "राम! राम!! बोर्डिंग? अपना घर रहते भला बोर्डिंग में रहेगा? आप भी कैसी बात करते हैं पाहुन? बोर्डिंग में लड़के को देने का मतलब है लड़के को 'फाटक', माने 'अड़गड़' में डाल देना। मास्टर और रसोइया और नौकरों के पेट से जो फाजिल बचता है, बेचारे बोर्डिंग के लड़के वही पाते हैं। बोर्डिंग में जाकर देखिएगा। सभी लड़कों की छाती की हड्डियाँ निकली हुई हैं। राम! राम!!"

माँ अन्दर से सिहरकर बोली थी, "नहीं-नहीं। जब अपना घर है वहाँ, तो फिर 'बोटिन-फोटिन' में काहे? भैयाजी ठीक ही कहते हैं।..."

मनमोहन अपनी माँ को 'मौसी' कहता है। बचपन में ननिहाल में वह पला है, मँझली मौसी के बच्चे उसकी माँ को मौसी कहते थे। मनमोहन ने तभी से 'मौसी' कहना शुरू किया था। मनमोहन को हँसी

आती है। मौसी ऐसी ही बोली बोलती है। बोर्डिंग को बोटिन, विराटनगर को विलासनगर, रामनगर को लामनगर!

मनमोहन बिछावन पर बैठकर ओसारे पर धूप आने की प्रतीक्षा कर रहा था। उसके काका ने अलाव के पास से पुकारकर कहा, "क्या मुनीजी, शहर जाकर भी इसी तरह चादर ओढ़कर बैठे रहोगे? नया 'कोट-जूता' पहनकर जरा बाहर निकलो—'जंटूलमन-इश्टूडंट' बनकर।"

मनमोहन मन-ही-मन हँसता है। काका भी खूब हैं—जेंटिलमैन को जंटूलमन और स्टूडेंट को इश्टुडंट। न जाने कहाँ से सीख आये हैं एक अँगरेजी 'फकड़ा' (फिकरा)—'सनी मनी बनी टू—डनी पीटा वेरी डू—बी-कनी सूगर हू—कीकरता है कीकरटू...।' इसका अर्थ भी वे अन्वय-सहित समझाते हैं—'सनी याने पटसन, मनी माने रुपया, बनी ऊँची दर, डनी माने दंड-बैठक, पीटी माने छाती, वेरी डू माने बहुत ताकत, अर्थात् पटसन का भाव तेज हो तो हर आदमी की छाती में पहलवान की ताकत आ जाती है और बनी याने...उसको फिर कौन सूगर माने खराब गाली दे सकता है?' सारांश समझाते हुए अंत में कहेंगे, 'मोटा बात—टका धरमो, टका करमो।'

लेकिन आज उसके काका ने ऐसा कोई फिकरा नहीं कहा। बाबूजी 'दिशा-मैदान' से लौटकर 'दतुअन' करने लगे, तो मनमोहन बाहर आया।

कुछ क्षण के लिए धूप में उसका मन उदास हो गया। खलिहान में धान के बोझों पर धूप! अलाव के पास सकरकंद पकाते हुए बच्चे! फूले-फुलाए सरसों के पीले खेत पर ओस की सफेद चादर बिछी हुई है।...क्या शहर में भी ऐसा ही होगा सब कुछ? सिमरबनी में तो सब कुछ ऐसा ही है।

मनमोहन के बाबूजी ने कहा, "अपनी किताब-कापी, कलम-पेंसिल, 'उरदुल-खुरदुल-अगड़म-बगड़म' चीजें छोटी 'पेटी' में बंद कर लो।" मनमोहन ने अपनी हँसी को मन में दबा लिया। बाबूजी छोटी-छोटी चीजों को 'उरदुल-खुरदुल-अगड़म-बगड़म' कहते हैं। मनमोहन भी कहता था। लेकिन स्कूल के हेड पंडितजी ने पन्द्रह नम्बर काट लिया था—'रचना' की कापी में। मनमोहन को आज तक याद है—वे पंद्रह

शब्द। रचना की पूरी पंक्ति याद है। उसने लिखा था–'हम लोग घर के 'उरदुल-खुरदुल-अगड़म-बगड़म' चीजों का कोई 'वैलू' नहीं लगाते हैं। किन्तु विलैत में ऐसा नहीं होता। वे लोग हम लोगों की तरह फोरट्वंटी नहीं, फोकट के माल में भी इनकम करते हैं। हम लोग अपना ज्यादा टैम...।'

मनमोहन की छोटी बहन पुष्पा कहने आई, ''मूँदी। भैया ओले।''

उसने बहन को गोद में उठा लिया। पुष्पी मुनीजी नहीं कह सकती, कहती है–मूँदी।

घर में सभी मनमोहन को मुनीजी कहते हैं। नाना का दिया हुआ नाम है। उन्होंने ही 'मानत' करके मनमोहन के सिर में 'जटा' रखवा दी थी, सदनपुर के महादेव मेले में 'मुंडन' हुआ था। मनमोहन को याद नहीं, कुछ। सिर में इमली की तरह लटकती हुई जटाओं के कारण ही 'मुनीजी' कहा होगा उसके नाना ने–ऐसा उसका विश्वास है।

देखते-ही-देखते गाड़ी का समय हो गया। बैलगाड़ी पर बिछावन और बक्स और बोरे लदे। अचानक मनमोहन का मन उमड़ आया। वह माँ से विदा होते समय रो पड़ा। माँ भी रोने लगी। पुष्पा भी। कुसमलाल नौकर भी। सभी रोने लगे।

काका ने आँगन में आकर झिड़की दी, ''हे देखो यहाँ की लीला! अरे, सब-के-सब इस तरह रोता है क्यों? और मुनीजी, तू भी? स्कौलरसिफ-होल्डर होकर भी ऐसी 'गोबरगनेसी' करता है रे?''

जब गाड़ी चली तो मनमोहन ने देखा, काका की आँखें भी छलछला आई हैं। काका ने कहा, ''अगले एतवार को मैं ऊख और गुड़ लेकर आऊँगा। मन लगाकर पढ़ना मुनीजी!''

स्टेशन पहुँचते-पहुँचते मनमोहन का जी कड़ा हो गया था। स्टेशन-मास्टर को तार खटखटाते देखकर उसको अचरज नहीं हुआ। इसी बार परीक्षा में पूछा गया था–टेलीग्राफ का आविष्कार किसने किया था?

टेलीग्राफ ही क्यों, इंजन और हवाई जहाज के आविष्कर्ताओं के नाम भी बता सकता है वह!

गाड़ी आई। मनमोहन के बाबू ने कहा, ''नया जूता है। सँभलकर

पैर रखना पाँवदान पर। फिसल मत जाना।''

बाबूजी ने खुद चढ़ते हुए हाथ पकड़कर उसे भी रेल के डिब्बे में चढ़ाना चाहा। किन्तु मनमोहन खुद हैंडल पकड़कर पाँवदान पर चढ़ गया। गार्ड की सीटी सुनकर मनमोहन ने प्लेटफार्म की ओर झाँककर देखा—सफेद टोप और सफेद कोट-पतलून और सफेद जूता पहने गार्ड साहब! हाथ में हरी झंडी हिलती हुई! गाड़ी सीटी देकर खुली। फिर छक्-छक् करती हुई भागी। मनमोहन ने दाहिनी ओर खिड़की से देखा—'खेत-मैदान, पेड़-पौधे, गाँव-घर—सब भाग रहे हैं...पीछे की ओर।...वह, वहाँ रहा अपने गाँव का पेड़!

दो

''एक सवारी...एक सवारी!''

''टमटम होगा बाबूजी?''

पोंपों! टनटन! टड़रंग!

''ए भैया बचके!''

अररिया-कोर्ट स्टेशन पर पहुँचकर टमटम और बग्घीवालों की चोख-पुकार और छीना-झपटी देख-सुनकर मनमोहन थोड़ा डरा जरूर। लेकिन, उसको अपने काका की चेतावनी याद आई, 'तू तो अब स्कौलरसिफ-होल्डर है। डर किस बात का? कोई पूछे तो अँगरेजी में ही जवाब देना। नहीं समझे तो उर्दू में माने 'काहे-कूहे' में बतियाना, माने 'कचराही-बोली' बोलना। गाँव की बोली में जवाब मत देना। नहीं तो कहेगा कि 'देहाती भुच्च' है।'

मनमोहन ने पहली बार ट्रेन की सवारी की है। पहली बार घोड़ा-गाड़ी पर चढ़ा है और पहली बार अररिया-कोर्ट जा रहा है। किन्तु उसे लगता है कि वह बहुत आ चुका है। कुछ भी नया नहीं लगता है। उसका सब कुछ देखा-सुना है। मोड़ के बाद ही मोदी की दुकान होगी। उसके बाद ठाकुरबाड़ी। बाबूजी और काका के मुँह से वह सैकड़ों बार सुन चुका है। उसने जैसी कल्पना की थी, वैसा ही सब कुछ...। हाई-स्कूल? दूर से ही देखकर पहचान लिया, मनमोहन ने। सैकड़ों लड़के मैदान में ड्रिल कर रहे हैं, कतार में!

मनमोहन के रोंगटों पर एक फुरहरी-सी लगती है। उसका कलेजा

जोर-जोर से धड़कने लगा और चेहरे पर एक तमतमाहट दौड़ गई।

स्कूल की सीढ़ी पर पहली बार पैर रखते समय उनको बाबूजी की चेतावनी याद आई, 'फिसल मत पड़ना।'

हेडमास्टर साहब को देखकर मनमोहन डर गया। ऐसा आदमी उसने पहले कभी नहीं देखा। गोरा चेहरा, गोल-मटोल! भरा-पूरा। सिर पर गिने-चुने केश। दाढ़ी-मूँछ सफाचट मुड़ाये हुए, किन्तु सभी सफेद। उन्होंने जब आँख उठाकर देखा, तो चश्मे के अन्दर उनकी आँखें छोटी-छोटी 'चित्ती' कौड़ियों जैसी दिखलाई पड़ीं।...इतने बड़े और विशाल आदमी की आँखें इतनी छोटी? नहीं, मनमोहन ने दूसरे क्षण देखा, आँखें बड़ी-बड़ी हैं, लेकिन चश्मे के अन्दर, माने सामने से देखने पर छोटी दिखलाई पड़ती हैं। चश्मे का शीशा...काँच के गिलास की पेंदी जैसा मोटा है।

"नाम की?"

"माइ नेम इज...।"

"थामो बापू। हम इंग्रेजी में पूछा? ऐं? बोलो?"

मनमोहन कुछ कहे, इसके पहले ही उसको अपने हेड पंडितजी की चेतावनी याद आयी, 'सभी मास्टरों को 'सर' कहना।'

"सर...!"

"फिन इंग्रेजी?"

अब मनमोहन के बाबूजी भी घबड़ा गए। उन्हें लगा, हेडमास्टर साहब मनमोहन का नाम नहीं लिखेंगे; क्योंकि वह नाम भी नहीं बता सका अपना! बोले, "हुजूर! देहात का लड़का है। कभी शहर आया नहीं। इसकी उम्र ही क्या...?"

मनमोहन को यह अच्छा नहीं लगा। उसने कहा, "महाशय, मेरा नाम मनमोहन राय है।"

"ठीक, ऐसा माफिक बोलो!"

मनमोहन के बाबूजी ने कुछ कहना चाहा तो हेडमास्टर साहब ने मुस्कराकर कहा, "अहिंक बालक थीक?"[1]

मनमोहन के साथ उसके बाबूजी भी चौंके। फिर हँसे। हँसकर

1. आप ही का लड़का है?

जवाब दिया मनमोहन के बाबू ने, "आब हमर नहिं। अपनेहिक बालक!"[1]

हेडमास्टर साहब के साथ ऑफिस में बैठे हुए सभी लोग हँसे। मनमोहन को यह बहुत अच्छा लगा। हेडमास्टर साहब ने उसके बाबूजी को कुर्सी पर बैठने को कहा।

"टेंगर!"

मनमोहन समझ गया, टेंगर यहाँ के चपरासी का नाम होगा।

एक नाटा-भूटा आदमी आया–ठीक मनमोहन के गाँव के शिवलाल महतो जैसा–गले में ठीक वैसी ही कंठी!

"टेंगर! इस लैड़का को एइट्थ क्लास में पहुँचाय दो। जा बेटा! हाँ, इधर सुनो। भालो से पड़ा-सोना कोरने से नहीं होगा–बदमाइशी कोरेगा तो हम छोड़ी से पिटाय के बाड़ी पाठाय देगा। बूझा!!"

मनमोहन ने कहा, "जी सर!"

"क्या बूझा?"

और चलते समय मनमोहन के बाबूजी ने कहा–"तुम पढ़ने जाओ, मैं कचहरी का काम करके तीन बजे आ जाऊँगा। घबराना मत।"

टेंगर के पीछे-पीछे चलते हुए मनमोहन ने हर क्लास की तख्ती की ओर देखा–एलेवन्थ, टेन्थ... नाइन्थ, एइट्थ।

"आइए जनाबआलू, खाइए सप्तालू...।"

सारा क्लास हँस पड़ा। और, अचरज की बात मनमोहन भी अप्रतिभ होने के बदले हँस पड़ा। मास्टर साहब ने लड़कों को डाँटकर चुप करते हुए मनमोहन से पूछा, "क्या नाम है आपका?"

"सर, मनमोहन राय।"

"सर मनमोहन...?"

इस पर फिर हँसी छूटी। लड़कों को शान्त करने के बाद मास्टर साहब ने कहा, "जाइए सर मनमोहन साहब, आप उस बेंच पर बैठ जाइए!"

---

1. अब मेरा नहीं, आपका ही लड़का है!

मास्टर साहब ने अब गम्भीर होकर सब कुछ पूछा। यह सुनकर कि मनमोहन एक स्कॉलरशिप लेकर आया है, बोले, "जनाब, आते तो हैं सभी मयूर का डैना लगाकर, मगर यहाँ आकर सभी कौए साबित होते हैं।...ठीक है। सुनिए, हिस्ट्री का क्लास है और नूरजहाँ के बारे में पढ़ाई हो रही थी।

हाँ, तो मैं क्या कह रहा था?"

दो-तीन लड़कों ने एक साथ कहा, "सर, नूरजहाँ के बारे में।"

"मगर क्या?"

एक लड़के ने कहा, "सर, आपने इस नये लड़के से तो नहीं पूछा कि यह फुटबाल... ।"

मास्टर साहब ने फिर मुँह और आँख को पहले की तरह गोल करते हुए कहा, "अरे हाँ-आँ-आँ, यह तो पूछना भूल ही गया। हाँ जी, क्या नाम कहा मनमोहन मुरलीवाले..."

इस पर सारा क्लास फिर ठठाकर हँस पड़ा। मनमोहन को अब बुरा लगने लगा। उसकी आँखें छलछला आईं, चेहरा लाल हो गया। उसने कहा, "सर, मैं फुटबाल खेलना नहीं जानता।"

"जानना होगा।" मास्टर साहब ने टेबुल पर मुक्का मारते हुए कहा, "समझे? जानना होगा...! अच्छा, तो मैं क्या पढ़ा रहा था?"

दो-तीन लड़कों ने एक ही साथ जवाब दिया, "सर, नूरजहाँ के बारे में।"

"नानसेन्स! नूरजहाँ के बारे में! आखिर मैं...कह क्या रहा था?"

"सर! सुना है, इस बार हम लोगों के स्कूल की 'टीम' 'लूकस कप' में नहीं खेलेगी।"

"...किसने कहा?" मास्टर साहब चौंके और नाराज होकर बोले, "तुम लोग कहाँ से बेबात की बात सुन लेते हो? अपनी टीम इस बार 'लूकस कप' में ही नहीं, 'वनैली-शिल्ड' में भी एंटर करेगी।"

मनमोहन ने देखा, मास्टर साहब पढ़ाना छोड़कर फुटबाल के बारे में गप करने लगे। बरामदे पर टेंगर को देखकर वे सतर्क हो गए। फिर

बोले, "हाँ, तो मैं नूरजहाँ के बारे में क्या कह रहा था?"

एक दुबले-पतले लड़के ने, जो अब तक एकदम चुप था, कहा–"सर, आप कह रहे थे कि नूरजहाँ जब पान..."

"हाँ-आँ-आँ। गू-ड, वेरी गूड। तो नूरजहाँ जब पान खाती थी तो कंठ यानी...यहाँ...(अपनी कंठनली को दिखलाते हुए) लाल-लाल परछाईं दिख पड़ती थी। साफ-साफ! अब समझो, कैसी खूबसूरत थी!...होगी नहीं? जिसका नाम ही नूरजहाँ यानी जहाँ का नूर।..."

...टन! टन!! टन!!!

घंटी बजी तो मास्टर साहब अचानक गुस्सा हो गये, "तुम लोग बेवजह की बात में समय खराब करके मेरा भी समय बरबाद करते हो। अगले दिन नूरजहाँ रटकर आना।"

क्लास से मास्टर साहब के निकलते ही लड़कों ने मनमोहन को घेर लिया।

मनमोहन के बाबूजी ने हेडमास्टर साहब से कहकर उसे छुट्टी दिलवा दी।

मनमोहन के बाबूजी ने पूछा, "कहो, मास्टर क्या बोला? क्या पढ़ाई हुई? जवाब दे सके या नहीं?

मनमोहन ने कुनमुनाकर जवाब दिया, "मास्टर साहब बोले कि फुटबाल खेलना जानना होगा।"

मोहरिल मामा को खड़ा देखकर मनमोहन समझ गया कि यही घर है मोहरिल मामा का, जहाँ अब उसे रहना है।

सड़क के किनारे पतली-सी गली में खपरैल के कई अध-उजड़े घर। सामनेवाले घर में एक बीमार-सा घोड़ा मनों लीद के ढेर पर बँधा था। राख की ढेरी के पास कुत्ते और सूअर आपस में लड़ रहे थे और मोहरिल मामा के दरवाजे पर करीब एक दर्जन बच्चे बेवजह शोरगुल मचा रहे थे।

मनमोहन को अच्छा नहीं लगा।

मोहरिल मामा ने बच्चों को डाँटते हुए एक भद्दी गाली दी, फिर

मेहमान यानी मनमोहन के बाबूजी की आवभगत करने लगे, ''आइए पाहुन, हो गया नाम लिखाना? 'घूस-ऊस' तो नहीं लिया?''

मनमोहन के बाबूजी ने कहा, ''हेडमास्टर साहब बहुत अच्छे आदमी हैं।''

मोहरिल मामा बोले, ''अच्छा! अरे, भारी 'सनकाहा' है। उसका तो अजीब-अजीब किस्सा कहते हैं लोग!''

मनमोहन ने देखा, एक काला-कलूटा लड़का दरवाजे के उस पार से उसको जीभ निकालकर दिखला रहा है। मुँह चिढ़ा रहा है।

मनमोहन का मन घर के लिए छटपटा उठा, अचानक!...मौसी इस समय कलेवा लेकर खड़ी होगी।

तीन

मोहरिल मामा के घर में मच्छरों और खटमलों के अलावा छछून्दरों और चमगादड़ों का भी बड़ा भारी अड्डा था। मनमोहन के बाबूजी रात की गाड़ी से घर वापस चले गये तो मनमोहन बहुत देर तक अंधकार में लेटा रोता रहा। उसे रह-रहकर घर की याद, माँ की याद, छोटी बहन पुष्पी–सभी की याद आई। ट्रेजरी-कचहरी पर पहरा देनेवाले बंदूकधारी सिपाही को दिन में ही देखकर मनमोहन तनिक डरा था। रात में रह-रहकर ट्रेजरी-कचहरी की ओर से एक खौफनाक आवाज आती...शहर के चौकीदारों की कर्कश और डरावनी बोली, चमगादड़ों की छटपटाहट, छछून्दरों की कचर-पचर और हजारों-हजार मच्छरों के हजारों-हजार सुइयाँ गड़ानेवाले गीत! सामनेवाले घर में बँधा हुआ बीमार घोड़ा नाक झाड़ता–फड़र्रर!

रात-भर जगा रहा मनमोहन। भोर को न जाने कब नींद आ गई। वह सपना देखने लगा। सपने में उसने देखा कि वह अपने धान के खेत में खड़ा है। धान की कटाई हो रही है। फिर उसने देखा, वह अपने बगीचे में है, जहाँ बहुत-से आम हैं। वह एक आम तोड़ता है, ढेला मारकर। आम गिरा जमीन पर। लेकिन गेंद की तरह जमीन पर उछलने लगा। बहुत बड़ी गेंद। मनमोहन ने गेंद को पैर से तनिक छू दिया और गेंद बहुत दूर आसमान में उड़ गई।...लाल गेंद।...मनमोहन की माँ हँसती। काका हँसते हैं–'मुनीजी, अरे मुनीजी, तू तो लूकस-कप का पिलियर हो गया एक ही दिन में।'

कितने चौराहे

एक झटका खाकर मनमोहन का सपना टूट गया। उसने आँख खोलकर देखा, मुँह चिढ़ानेवाला लड़का यानी मोहरिल मामा का बड़ा बेटा मटरू दुष्टताभरी हँसी हँस रहा है।...मटरू ने मनमोहन की नाक में सुतली का 'पलीता' दे दिया था। इसलिए मनमोहन ने उठते ही छींकना आरम्भ किया। मटरू हँसते-हँसते धरती पर लोट-पोट होने लगा और मटरू की माँ यानी मनमोहन की मुँहबोली 'मामी' उधर आँगन में कोसने लगीं, "कैसा है ई लड़िका कुलच्छन कि भोरहि-भोर उठके छींके लगा है। आज एक्को मुअक्किल जो आवे...'दलिद्दर' लड़िका कहाँ से उठाके ले ऐलन...अरे-रे मटरुआ-आ-आ-आ तनि बँगड़वा के खोल दे रे-ए-ए, अरे-रे-मटरुआ--आ-आ!"

मटरुआ अपने बहके हुए बँगड़वा यानी बाँगड़ को लेकर मनमोहन की चौकी के पास अपने करतब दिखला रहा था। उसने बाँगड़ को ललकारकर अपने दोनों हाथों को पहलवान की तरह फैलाया। बाँगड़ अपने अगले दोनों पैरों को उठाकर उससे भिड़ गया। मटरू उछलकर मनमोहन की चौकी पर चढ़ गया और साथ ही बाँगड़ भी। मटरू के बदले बाँगड़ ने मनमोहन को ही दो-तीन 'हुँत्था' लगाकर चौकी से नीचे गिरा दिया।

मटरू हँसता हुआ आँगन की ओर भागा। इधर बाँगड़ ने मनमोहन की नई कापी को चबाना शुरू किया। वह जमीन से उठे-उठे कि बाँगड़ ने उसके बिछावन पर मल-मूत्र त्याग करना शुरू कर दिया था। उसने पास पड़े एक डंडे से बाँगड़ को डराया। मगर बाँगड़ बड़ा निडर था; आगे बढ़ आया और अपने ओठ के ऊपरी हिस्से को संकुचित करते हुए, मुँह उठाकर अपनी बोली में न जाने क्या बोलने लगा। मनमोहन को लगा, बाँगड़ ने निश्चय ही कोई चिढ़ानेवाली, भद्दी गाली दी है।...वह मुँह चिढ़ा रहा है।

उधर मटरू चिल्लाया–"अरे भैया रे-ए-ए! बँगड़वा के मार डण्डन के मुआ देलकऊ रे ए-ए-अरे-मै-या-या!"

और अचरज की बात! अचानक बाँगड़ ने भी इस तरह मिमियाना शुरू किया, मानो उस पर बहुत मार पड़ी हो।

मटरू की माँ ने मनमोहन को पहली चेतावनी दी, "यहाँ रहना

है तो बाँगड़, बतख या बच्चे पर कभी हाथ न उठाना। देहात नहीं है यह। और रोज सुबह 'किरिन' उगने के पहले ही यहाँ से बिछावन समेटकर बाहर में रखना होगा; क्योंकि मुअक्किल लोगों के बैठने की यही जगह है।"

मोहरिल मामा हाथ में लोटा लटकाये हुए आये। मटरू की माँ को इस तरह झिड़कते हुए देखकर ठिठक गये। फिर बोले, "क्या बात है?"

फिर मोहरिल मामा ने उससे कहा, "सब कुछ साथ लाये, मगर एक लोटा नहीं होने से कैसे काम चलेगा?...वह, वहाँ देखो। वह अलमुनियम का लोटा है, चाहे वह 'डिब्बा' है—पानी भरकर सरकारी 'बमपुलिस' में चले जाओ या मन हो तो नदी की ओर जाओ। दिशा-मैदान से हो आओ।"

काका के मुँह से कई बार मनमोहन अररिया-कोर्ट के सरकारी 'बमपुलिस' का किस्सा सुन चुका था। इसलिए उसने नदी की ओर जाना ठीक समझा।

मोहरिल मामा ने अपने बड़े बेटे को पुकारकर कहा, "मटरू, ले जा मनमोहन भैया को नदी की ओर।"

वह मटरू को अपने साथ नहीं लेना चाहता था, किन्तु मटरू चाहता था। कुछ दूर तक चुपचाप चलने के बाद मटरू ने कहा, "बीड़ी पीते हो?"

"नहीं। और तुम?"

"दुगो पैसा दोगे?"

"क्या करोगे?"

"बीड़ी खरीदूँगा।"

"नहीं, बीड़ी क्यों पीते हो? तुम्हारे बाबूजी...मोहरिल मामा जानते हैं?"

"नहीं, चुराकर पीता हूँ, आदत लग गई है।"

"तुम किस दर्जे में पढ़ते हो?"

मटरू ने कहा, "अब खुद चले जाओ। पूरब ओर नदी है।"

मटरू उसी गली से अपने किसी यार को आवाज देने लगा,

''टेंगना है रे-ए-ए! आ देख, ए गो 'देहाती भुच्च' आया है। आके देख जरा।''

मनमोहन को नदी का किनारा बहुत अच्छा लगा। दूर तक बालू का बिछावन। बिछावन पर पड़ी हुई यह पतली-सी परमान नदी की धारा। चारों ओर कुहासा है। सूरज बाँस-भर ऊपर उग आया है, लेकिन कुहरे में दुबका ऊँघ-सा रहा है।

मनमोहन ने पानी छूकर देखा, गर्म है। उसने कुल्ली की, दातोन किया। बहुत देर तक घाट पर बैठा रहा। अचानक अपना नाम सुनकर वह चौंका। उसने उलटकर देखा, उसके क्लास का एक लड़का जो बहुत चुपचाप रहता है, जिसने कल मास्टर साहब को याद दिलाया था कि नूरजहाँ जब पान खाती थी...।

उसने पूछा, ''यहाँ क्यों बैठे हो? इधर ही रहते हो तुम?''

मनमोहन ने सब कुछ बतलाया। उस लड़के ने कहा, ''मेरा नाम रवीन्द्र है—रवीन्द्र खत्री। पुकारते हैं 'रोबी' कहकर।''

मनमोहन को अपने बाबूजी तथा काका की कही हुई बातें याद आईं। खत्री साहेब वकील की बहुत-सी कहानियाँ सुन चुका था। उसने पूछा, ''खत्री साहब वकील आपके कौन लगेंगे?''

रोबी ने कहा, ''मुझे 'आप' क्यों कहते हो? मेरे पिताजी हैं... क्यों...?''

''ऐसे ही पूछ रहा था। उनका खूब नाम है।''

''तुम्हारे बाबूजी खेती करते हैं? कितनी दूर है तुम्हारा गाँव यहाँ से?''

''...बस, चार स्टेशन।''

तेज सीटी की आवाज आई तो रोबी ने कहा, ''कालू आ रहा है। काली-प्रसन्न घोष। वही लड़का, कल हफीज साहब को फुटबाल की बात में उलझा रखनेवाला...।''

''कौन हफीज साहब?''

''हिस्ट्री और गेम्स-टीचर!''

मनमोहन को अब मालूम हुआ कि कलवाले मास्टर साहब को हफीज साहब कहते हैं।

कालू, ठीक रोबी का उल्टा। रोबी कम बोलता है, शान्त स्वभाव का है, किन्तु कालू ने आते ही चुटकी ली, "क्या जी मनमोहन मुरलीवाला! तुम्हारा 'बासा' इधर ही है?...किस...मुहरिल के यहाँ? सोखालाल मुहरिल तुम्हारा मामा है? अपना मामा हो या पराया मामा–सोखालाल को लोग यहाँ धोखालाल कहते हैं। नम्बरी चार सौ बीस। और, उसके घर में जगह कहाँ है? हमने तो देखा है। हमारे बाबूजी का भी काम करता था...।"

मनमोहन को मालूम हुआ कि कालू के पिता भी वकील हैं। बड़े भाई लोग डाक्टरी, वकालत और साइंस पढ़ रहे हैं। कालू के साथ उसका कुत्ता भी था। मनमोहन को कुत्ते के नाम पर हँसी आई–भालू!...कालू का कुत्ता भालू!

मनमोहन को थोड़ी ही देर में अपने स्कूल और क्लास के बारे में बहुत कुछ मालूम हो गया...हेडमास्टर साहब 'तीन एम. ए.' पास हैं, मगर थोड़ा सनकी हैं। अंग्रेजी जिसको ठिकाने से पढ़ा दें, वह अंग्रेजों की भी गलती निकाल दे। हफीज साहब का विषय 'हिस्ट्री' है। किताब देखकर अक्षर-अक्षर रटकर जवाब देनेवाले को पूरा नम्बर देते हैं। अपनी भाषा में सही लिखने पर भी नम्बर काट लेते हैं।...पढ़ाने से ज्यादा फुटबाल का किस्सा सुनते-सुनाते हैं। स्कूल के सेक्रेटरी के अपने आदमी हैं, नहीं तो...।

'क्लास-टीचर' के बारे में रोबी और कालू ने बतलाया, "प्रमोद बाबू एक मिनट भी देर से जाने पर–'अबसेंट'। ऐसा कड़ा टीचर एक भी नहीं सारे पूर्णिया जिले में।...मारते नहीं हैं, मगर एक बार जिसको ठिकाने से घुड़क दें, उसको दाँती लग जाय।"

कालू ने चलते समय मनमोहन को चेतावनी दी थी, "मुरलीवाले! एक बात, क्लास के दो-तीन लड़कों से हमेशा होशियार रहना। जुगल भारी चोर है। अरे, वही जो कल तुमको बार-बार 'जनाबआलू' कहता था। और इस्माइल...।"

मनमोहन ने पूछा, "यह 'जनाबआलू' क्या है? कल मास्टर साहब ने भी कहा था।"

"जनाबआलू, माने घोड़े का डिम!" कालू बोला, "हफीज साहब

सभी लड़कों से इसी तरह 'जोक' करते हैं।"

"जोंक?"

"जोंक नहीं, जोक जी—माने दिल्लगी!"

मनमोहन अपने डेरे पर लौट आया। उसको अचरज हुआ। थोड़ी देर पहले मटरू का जो रूप उसने देखा था, ठीक उसका उल्टा। मटरू ने कहा, "भैया, आप कहाँ थे? बाबूजी आपको खोजने के लिए गये हैं। चलिए, नाश्ता कर लीजिए।"

सुबह चेतावनी देनेवाली मामी का मन भी बदला हुआ था। मनमोहन को अन्दर बुलाकर बहुत प्यार से बोलीं, "बबुआ, बाहर मुअक्किल लोगों की जगह है। तुम्हारा बिछावन आँगन में ही लगा देने को कहा है तुम्हारे मामा ने। मुँह-हाथ धो चुके? आओ, कलेवा कर लो।"

मनमोहन ने देखा, उसके घर से आई हुई चूड़ा और चावल की बोरियाँ खुली हुई हैं। मामा की बड़ी बेटी शरबतिया पँसेरा-तराजू लेकर तौल रही है।...मनमोहन की माँ ने सबसे महीन चावल, मूँग की दाल, आलू और पाँच सेर 'तेजपत्ता' दिया था। मनमोहन के बगीचे में तेजपत्ता यानी 'पतरस' का पेड़ है।

शरबतिया दीदी ने पूछा, "पतरस का पेड़ होता है या लत्ती?"

मनमोहन कलेवा करके बाहर जाने लगा तो शरबतिया दीदी बोली, "बाहर क्यों जाते हो? अपनी कोठरी या बरामदे पर बैठकर पढ़ो।"

मनमोहन को बार-बार हर बात पर अचरज होता है। बाहर इतना गंदा और भीतर इतना साफ? अपनी कोठरी को देखकर उसका मन प्रसन्न हो गया। चौकी पर बिछावन बिछा हुआ है। खिड़की के पास एक छोटे टेबुल पर उसकी किताबें सजाई हुई हैं। शरबतिया दीदी ने कहा, "अपना ही घर समझना। किसी चीज की जरूरत हो तो लजाना मत।...मटरुआ बदमाशी करे तो तमाचे लगा देना।"

मामी बोलीं, "बेटा! मेरे कहे का बुरा मत मानना। मुझे क्या मालूम? जब तुम्हारे मामू ने बतलाया तो लाज के मारे मैं 'कठा' गई!... मांस-मछली खाते हो या नहीं?"

शरबतिया दीदी की हँसी! हरदम हँसती रहती है। लगता है, शरबतिया दीदी से जाने कितने दिनों की जान-पहचान है।...न जाने कितने दिनों की!

नहाने के बाद मनमोहन धूप में बैठा हुआ था। शरबतिया दीदी बोली, "साढ़े नौ बज रहे हैं। अब तैयार हो जाओ। डेढ़ बजे टिफिन में आकर 'भात' खाओगे या अभी?"

शरबतिया दीदी कंघी से मनमोहन का केश सँवारने लगी। मनमोहन लजाया तो वह ठठाकर हँस पड़ी, "अरे! बहिन से लजाता है, पगला!...भैया, देख कैसा घुँघर-घुँघर केश है?"

मनमोहन आईने में अपना मुँह और शरबतिया दीदी के हाथ की कंघी को देखता रहा।...शरबतिया दीदी की शादी नहीं हुई है, शायद। सिन्दूर नहीं, टीका लगाती है सिर्फ!

स्कूल आते समय मनमोहन ने उलटकर देखा, शरबतिया दीदी दरवाजे के पास खड़ी मुस्करा रही थी और मटरू चुपचाप खड़ा था। उसने सुना, मटरू पूछ रहा था—मोहन भैया फिर आयेंगे न दीदी?

चार

रविवार को तड़के ही उठकर मनमोहन बाहर निकला। उसने देखा, मामी अँगीठी ताप रही हैं और हुक्का पी रही हैं। मनमोहन बोला, "आज काका आयेंगे, शायद। इसी गाड़ी से।"

मटरू आँख मलता हुआ बाहर आया। उसने शाम को ही मनमोहन से कहा है, सुबह को चौराहे पर वह भी भैया के साथ जाएगा।

दोनों चौराहे की ओर चले। पोस्ट ऑफिस के पास खड़े होकर बहुत देर तक घोड़ागाड़ियों के आने की प्रतीक्षा करते रहे दोनों।

एक बोझा 'ऊख' और एक बोरा भेली-गुड़ और एक हाँड़ी दही!

मामा के आँगन में शोर भर गया। बच्चे-बच्चियों को लेकर पास-पड़ोस की औरतें जुटने लगीं। शरबतिया ने ऊख के टुकड़े और भेली-गुड़ देकर सभी को विदा किया।

एक पड़ोसिन ने कहा, "और दही? दही नहीं बाँटोगी?"

इस बार मामी ने टोका, "बहिन, 'परजात-परमिन' का बच्चा है। माँ-बाप ने अपने लड़के के लिए भेजा है और मैं यहाँ 'सदाबरत' कर दूँ! ऊख और गुड़ तो दिया सभी को।"

मनमोहन के काका ने सुना तो कहा, "मुनीजी अकेले एक हाँड़ी दही खाएगा? बाँट दीजिए न। दही का अकाल है, भला? आ जाएगी फिर एक हाँड़ी।'"

मामी ने तुरत-परिचित मनमोहन के काका को आँख की 'मटकी'

से बतला दिया कि ये लोग अपने कोई नहीं।

बाद में बोली, ''दही मैं सबसे पहले 'बबुआ' को परोसूँगी, तब किसी और को। इन लोगों को क्या, गंध लेती रहती हैं। आकर जुट जाएँगी।''

मनमोहन ने देखा, काका ने तुरत मामी से हेल-मेल कर लिया। मामी कहती हैं–'छोटके पाहुन!'

बहुत देर तक मनमोहन अपने काका को अपने छह दिनों का अनुभव सुनाता रहा।...हेडमास्टर साहेब के बारे में...हफीज साहब की नकल...क्लास के बदमाश लड़के इस्माइल की हरकतें...थोथना पंडित के किस्से...!

मनमोहन के काका की हँसी एक बार छूटी तो घंटों हँसते रहे, ''अरे मुनीजी! यह हाई-स्कूल सचमुच पढ़ने के काबिल है। मेरा भी मन नाम लिखा लेने को करता है। वाह! क्या-क्या नाम हैं। हाफिज साहब और थोथना पंडित! वाह!''

मनमोहन ने धीरे से कहा, ''काका! जोर से मत बोलिए। कोई सुन लेगा।''

मनमोहन ने बतलाया, ''असल में थोथना पंडितजी का नाम बनखंडी ओझा है। मगर, खैनी बहुत खाते हैं और हमेशा ओठों में भरकर बतियाते हैं। और बस एक ही धमकी देते हैं, लड़कों को– 'थोथना चूर देंगे।' बस, इसीलिए क्लास के सभी लड़के उनको 'थोथना पंडित' कहते हैं।''

''कोई खोखना मास्टर भी है?'

अब मनमोहन की बारी थी। ऐसी खिलखिलाहट के साथ पेट में बल पड़ जानेवाली हँसी मनमोहन को बहुत दिनों के बाद आयी थी। वह चौकी पर लोट-पोट हो गया। तब तक शरबतिया दीदी आ गई थी, ''वाह! दोनों चाचा-भतीजा, मिलकर फुलझड़ी उड़ा रहे हैं, यह क्या बात है?''

मनमोहन ने अपनी हँसी को सँभालकर कहा, ''हाँ! खोखना मास्टर भी हैं। एक मौलवी साहब हैं। उर्दू पढ़ाते हैं। काले हैं, मगर सफेद दाढ़ी, एकदम सफेद कुर्ता, सादा पाजामा और जूता भी सादा।

इतने कड़े हैं कि उर्दू पढ़ाते समय बहुत लड़कों को 'खाँसी-उकासी' करवा देते हैं। कहते हैं कि 'हलक' से आवाज निकालो और 'हलक' से आवाज निकलते समय लड़के खाँसने लगते हैं। इसलिए खोखना मौलवी नाम चालू कर दिया है, लड़कों ने।''

...शरबतिया दीदी जब हँसती है तो उसके दाँत और भी अच्छे लगते हैं। शरबतिया दीदी ने पूछा, ''छोटके फूफा! आप मांस-मछली खाते हैं, तो?''

''हम सरबभच्छी हैं।''

मामी आईं और बैठ गईं। फिर मुस्कराकर काका से पूछने लगीं, ''छोटके पाहुन का गौना हुआ या नहीं?''

मनमोहन ने ताड़ लिया--काका लाज के मारे गड़ गये। इसलिए उसी ने कहा, ''काकी का स्वर्गवास हो गया।''

''अरे!...कब?''

''पिछले साल!''

''गौना के पहले ही?''

''हाँ!''

''कहाँ शादी हुई थी?''

''कटिहार के पास एक गाँव है, पाँकी-टिकैली।''

'चः चः' करती हुई मामी बोलीं, ''आदमी की जिन्दगी का क्या ठीक!''

काका ने बहुत देर के बाद हुंकारी भरी, ''सो तो ठीक है।''

मामी अब अपने दुःख और अपनी इकलौती बेटी के फूटे हुए कपाल की कहानी सुनाने लगीं, ''छोटके पाहुन, जब बेटी की खाली 'सींथ' पर नजर पड़ती है तो लगता है, कलेजे पर किसी ने गरम लोहा रख दिया...''

मामी इससे आगे कुछ नहीं बोल सकीं। गला भर आया और आँखों से आँसू झरने लगे। अपने काका के साथ मनमोहन ने भी सुना शरबतिया की शादी का किस्सा! किस तरह 'सहुआइन-धर्मशाला' में बराती खचाखच भर गये थे। अँगरेजी बाजा--खास दानापुर का--बाजेवाले की वर्दी ऐसी थी कि लोग देखते ही रह जाएँ, दूल्हा इन्ट्रेंस

में पढ़ता था, इसलिए बराती में उसके स्कूल के सभी मास्टर और लड़के आये थे और बराती और शहरवालों में भारी 'मैच' हुआ था, जिसे देखने के लिए शहर-भर के लोग उमड़ पड़े थे।...मगर, इसी को कहते हैं भगवान की मार! शादी के बाद ही दूल्हा की 'मति' मार दी 'गन्हींबाबा' के चेलों ने। पढ़ाई-लिखाई छोड़कर 'मोटिया खद्धड़' पहनकर 'सुराजी' काम करने लगा। अंग्रेज बहादुर से वैर मोल लेकर कौन पार पा सकता है?...सो, पुलिस-दारोगा ने पकड़कर इतना मारा कि 'जेहल' पहुँचते-पहुँचते...!

मामी फिर रोने लगीं। शरबतिया दीदी ने आकर झिड़की दी, "मैया! तू यहाँ बैठकर किस्सा सुना रही है। उधर, सालन चढ़ा हुआ है चूल्हे पर।"

मामी आँख पोंछती हुई उठीं। मनमोहन ने इस बार शरबतिया को गौर से देखा। माँ कहती थी, जिस लड़की का कपाल चौड़ा हो, वह जवानी में ही बेवा हो जाती है...गाँव की मैनी, दयावती, महावती! सभी बहनों के कपाल चौड़े हैं और सभी बेवा!...मनमोहन ने देखा, काका भी शरबतिया को बहुत 'दयाभाव' से देख रहे हैं। गाँव के बाबाजी रामगोसाईं भी दुःखी आदमी को इसी तरह देखते हैं।

काका साँझ की गाड़ी से वापस चले गये। जाते समय कह गये, "मुनीजी, होली की छुट्टी में मटरू और शरबतिया को अपने साथ लेते आना।"

मामा ने कहा, "ठीक है।"

मनमोहन बहुत देर तक उदास खड़ा देखता रहा। टमटम जब आँख से ओझल हुआ तो उसने उलटकर देखा--शरबतिया चुपचाप खड़ी है। बोली, "बस, अब और एक ही महीना रह गया है, होली पर्व को...।"

पाँच

उस दिन मनमोहन जब क्लास में पहुँचा तो उसने देखा, 'सीनियर क्लास' का लड़का डेस्क पर छोटी-सी प्याली में 'तकली' चला रहा है, लड़के उसको घेरकर खड़े हैं और वह 'दनादन' महीन सूत कातता और लपेटता जा रहा है। उसकी खद्दर की कमीज पर नजर पड़ते ही मनमोहन को मामी की बात, शरबतिया के दूल्हे की बात, याद आ गई।

कालू ने कहा, "प्रियोदा हैं। सेकेण्ड मास्टर साहब का सबसे छोटा बेटा। पढ़ने में बहुत तेज और भीषण साहसी...।"

मनमोहन की आँखों के आगे बहुत देर तक 'प्रियोदा' के कुर्ते पर टँकी हुई 'गोल चकत्ती' की तस्वीर छाई रही–जंजीर में जकड़ी एक देवी की मूर्ति। नीचे लिखा हुआ था–बन्दे मातरम्!

प्रमोद बाबू ने उस दिन मनमोहन की ओर पहली बार घुड़ककर देखा। जुगल के कारण उसको हफीज साहब ने भी झिड़की दी थी–शुक्रवार को। इस्माइल ने उसे चिढ़ाना शुरू किया और सोमवार को इस्माइल के चलते ही प्रमोद बाबू ने दो मिनट तक उसकी ओर आँखें फाड़-फाड़कर देखा। मनमोहन की देह में कँपकँपी समा गई। उसने हकलाते हुए कहा, "सर! इस्माइल मुझे चिढ़ाता है।"

प्रमोद बाबू ने कहा, "तुम दोनों बेंच पर खड़े हो जाओ।"

इस्माइल रोज किसी-न-किसी 'घंटी' में बेंच पर खड़ा होता था, इसलिए वह तुरन्त हाथ में किताब लेकर बेंच पर खड़ा हो गया, किन्तु

मनमोहन चुपचाप अडिग खड़ा रहा। प्रमोद बाबू ने कड़ककर कहा, ''स्टैंड अप ऑन दि बेंच।''

मनमोहन फूट-फूटकर रो पड़ा। प्रमोद बाबू और जोर से चिल्लाने लगे–''खड़ा होता है या नहीं?''

उस दिन जब मनमोहन लौटा तो शरबतिया दीदी और मटरू उसकी सूरत देखकर अवाक् रह गये।...सूजी हुई आँखें लाल-लाल! आँखें चार होते ही मनमोहन फफककर रोने लगा। मामी दौड़ी आई। शरबतिया पूछती रही, मगर मनमोहन बस एक ही जवाब देता, ''मैं यहाँ नहीं पढ़ूँगा। मैं आज ही घर जाऊँगा। अभी...।''

मोहरिल मामा उसे समझाने लगे, ''बबुआ, कहावत है न–'जौं गूड़ गंजन सहै तो मिसरी नाम धराय'–गुरु का गंजन तो आशीर्वाद है। जिला-भर में इस स्कूल का नाम है। यहाँ नहीं पढ़ोगे तो फिर कहाँ...?''

मटरू ने आकर कहा, ''फूफाजी आये हैं।''

फूफाजी अर्थात् मनमोहन के पिताजी।

मोहरिल मामा दौड़कर बाहर गये। तब शरबतिया मनमोहन के पास आकर बड़े प्यार से बोली, ''मोहन! छिः! आँखें पोंछो। जाकर बाबूजी को प्रणाम करो, इस तरह नहीं रोते।''

मनमोहन को शरबतिया के आँचल की गंध लगी। माँ के आँचल से भी ऐसी ही गंध आती है–नमकीन गंध!

मनमोहन जब आँगन से बाहर आया तो उसने देखा, उसके बाबूजी मंद-मंद मुस्करा रहे हैं। बोले–''क्यों? मास्टर साहब ने मारा था क्या? क्यों मारा था?''

मनमोहन कुछ बोले, इसके पहले ही मोहरिल मामा ने जवाब दिया, ''यहाँ के मास्टरों की यही आदत है। जहाँ कोई देहाती का धनी लड़का आया कि बेवजह मारपीट करने लगते हैं ताकि 'ट्यूशन' पढ़े। और जो ट्यूशन पढ़ता है उसको इम्तिहान का सवाल पहले ही बता देते हैं।''

मनमोहन के बाबूजी ने कहा, "घर में क्या करोगे? भैंस चराओगे?"

रात में बहुत देर तक उसके बाबूजी ने समझाया कि बिना पढ़े-लिखे आदमी सब दिन बैल रह जाता है। "...देखते नहीं, चार अच्छर अंग्रेजी में कुछ लिखवाना या पढ़वाना होता है तो पाँच रुपये बतौर फीस के पहले ही देने पड़ते हैं।...बदमाश लड़कों की संगति ठीक नहीं। तुम्हारे मास्टर साहब ने सजा दी—ठीक ही किया है। मन लगाकर पढ़ोगे, तो सभी मास्टर प्यार करेंगे।"

दूसरे दिन प्रमोद बाबू के एक सवाल का जवाब क्लास के किसी लड़के ने नहीं दिया—मनमोहन को छोड़कर। प्रमोद बाबू की आँखें, जिनसे हमेशा चिनगारी निकलती रहती है, एकदम बदल गईं। उन्होंने प्रसन्न होकर कहा—"तुम सबसे अगली बेंच पर बैठा करो।"

अचरज की बात! सभी शिक्षकों के क्लास में मनमोहन ने सही-सही जवाब दिये, सिर्फ हफीज साहब ने कहा, "पढ़ाई-लिखाई ही नहीं, खेल-कूद में भी बढ़िया करना होगा।"

बाबूजी स्कूल आये। मनमोहन ने धीरे से कहा, "बाबूजी, आपने ठीक ही कहा था।"

मनमोहन ने देखा, उसके बाबूजी का मुरझाया चेहरा अचानक खिल गया। बोले, "मैंने कहा था न!"

डेरे पर लौटकर मनमोहन को मालूम हुआ कि बाबूजी उसको 'बोर्डिंग' में रखना चाहते हैं। शरबतिया बोली, "फूफाजी से मास्टरों ने कहा है कि बाहर रखने से लड़का बिगड़ जाएगा।"

मामी उदास थीं। मटरू को शायद मार पड़ी थी, इसीलिए वह चुपचाप बैठा था। बाँगड़ को पड़ोसी रघु मोहरिल के लड़के ने फाटक में दे दिया है—मोहरिल मामा पंचायत करवाने गये हैं। शरबतिया भी उदास थी।

मनमोहन के बाबूजी वकील के घर से लौट आये। बोले—"बबुआ, पन्द्रह तारीख से बोर्डिंग में रहने का इन्तजाम कर दिया है...।"

मनमोहन ने बीच में बात काटते हुए कहा, "नहीं बाबूजी, मैं बोर्डिंग में नहीं रहूँगा।"

"लेकिन हेडमास्टर साहब कह रहे थे कि बाहर रहने से...।"

"ठीक है, इम्तहान में फेल करूँगा, तब जहाँ चाहें भर्ती करवा दीजिएगा।"

मनमोहन के बाबूजी को अपने बेटे की बात सुनकर आनन्द हुआ।...इतने ही दिनों में किस तरह समझदारी की बातें करने लगा है! और, कल रो रहा था कि यहाँ नहीं पढ़ूँगा!

साइकिल से दो लड़के उतरे। मनमोहन के बाबूजी ने पहचाना–खत्री साहेब वकील का बेटा है।

रवीन्द्र और कालू ने आते ही कहा, "मोना! जल्दी करो, समय हो गया है।"

मनमोहन के बाबूजी ने पूछा, "ये लोग तुमको 'मोना' कहते हैं?"

मनमोहन ने मुस्कुराकर जवाब दिया, "जी! कभी मोना, कभी मोहन मुरलीवाला..."

तीनों को एक साथ जाते देखकर मनमोहन के बाबूजी की आँखें न जाने क्यों भर आईं!

पास खड़ी शरबतिया ने कहा, "फूफाजी! मोहन को भी एक साइकिल खरीद दीजिए!"

छह

शरबतिया को यह क्या हो गया? मनमोहन जब से आया है, वह एकदम बदल गई है। पहले किसी काम में जी नहीं लगता था; दिनभर पड़ी रहने को जी करता था। पड़ोस की सहेलियाँ तानें देतीं। माँ गालियाँ सुनाती और कभी-कभी बाप भी बरस पड़ते, 'इस तरह दुःख-सन्ताप और बढ़ेगा, घटेगा नहीं।'

लेकिन मनमोहन के आने के बाद से वह दिन-भर फिरकी की तरह काम करती रहती है। सुबह उठकर कलेवा तैयार करना। फिर रसोई बनाकर मनमोहन और बाबूजी को खिला-पिलाकर थोड़ी देर के लिए छुट्टी। इसके बाद गन्दे कपड़े मटरू, मनमोहन और बाप के साफ करने में जुट जाती। दोपहर में कुछ क्षण मनमोहन की चौकी पर लेटकर आराम करती। दिन ढलने के पहले फिर घर के काम में जुट जाती।

जिस दिन मनमोहन रोता हुआ घर वापस आया था, शरबतिया की इच्छा हुई थी कि वह बार-बार मनमोहन को चुप कराके शान्त करे। मगर मन में जो कुछ होता है, उसे किया नहीं जा सकता।... थोड़ी देर पहले उसके जी में आया था कि वह भी मनमोहन के साथ चली चले। वे लोग 'संन्यासी-आश्रम' में गये हैं। वहाँ कोई स्वामीजी आये हैं, उपदेश देने के लिए।

...शरबतिया को कभी-कभी लगता है, मनमोहन उसका...उसका ...बेटा है!

मनमोहन के बाबूजी बोले, "बेटी! मैं रात की गाड़ी से ही चला जाऊँगा। मोहरिल तो अभी तक लौटा नहीं। ये रुपये रख लो। बबुआ के कपड़े के लिए। कह रहा था, 'स्काउट' का ड्रेस पन्द्रह तारीख के पहले ही तैयार करवाने की नोटिस दी गई है।"

शरबतिया बोली, "मोहन तो अब लौट ही रहा होगा। रात में क्यों जाइएगा? सुबह की गाड़ी..."

शरबतिया की माँ आँगन से सुन रही थी। बोली, "ठीक ही तो कहती है सरो, रात में क्यों जाइएगा?"

मनमोहन के बाबूजी बोले, "सप्ताह में तीन-चार दिन तो यहीं रहता हूँ। फिर परसों आऊँगा पोखर की मछली लेकर।"

शरबतिया की माँ बोली, "जब बेटा वकालत पास कर लेगा, मामला-मुकदिमा के झंझट से तभी छुट्टी मिलेगी।"

"सब भगवान के हाथ में है।"

मनमोहन के बाबूजी का टमटम चौराहे पर नहीं गया होगा कि मनमोहन दल-बल के साथ लौट आया। शरबतिया ने कहा, "फूफाजी राह ताककर चले गये। भेंट करनी है तो अपने सभी लोगों से कहो, साइकिल से...।"

मनमोहन ने ओठों को बिदकाकर कहा, "भेंट क्या करनी है! हर तीसरे दिन तो आते ही हैं।"

शरबतिया ने चुटकी ली, "तीन दिन पहले कौन 'भूत' सवार हुआ था? गाँव का 'जीन-पीर'...? घर जाएँगे, घर जाएँगे! अभी जाएँगे!"

मनमोहन ने लाज छिपाने के लिए शरबतिया के हाथ में चिकोटी काटी।

शरबतिया हँसती हुई चीखी, "इस्स"!

लेकिन मटरू को यह अच्छा नहीं लगा।

मटरू जब मनमोहन के पास अकेला होता है, मोहन भैया का आज्ञाकारी छोटा भाई हो जाता है। ज्योंही शरबतिया आई कि दिल बदल जाता है। जी में होता है कि मनमोहन की किताबें चुराकर नदी में फेंक आये; बाँगड़ को उसके बिछावन पर बाँध दे। और जब शरबतिया मनमोहन के बालों को सँवारने लगती है, तो उसका जी

जलने लगता है।...कहीं से एक कैंची लाकर एक रात मनमोहन के बाल काट देगा। अभी जब मनमोहन ने शरबतिया दीदी को चिकोटी काटी, मटरू की कनपटी गरम हो गई।

शरबतिया ने पूछा, ''क्या कहा स्वामीजी ने? परसाद-उरसाद भी मिला?''

मनमोहन बोला, ''दीदी! स्वामीजी की सभी बातें तो समझ में नहीं आईं। लेकिन बार-बार उन्होंने जोर देकर जो बात कही, उसका यही मतलब था कि कमजोर शरीर से दुनिया में कोई काम नहीं होगा।''

मटरू ने आँगन में अपनी माँ को चुपके से बतलाया, ''मोहन भैया ने दीदी को चिकोटी काट ली।''

माँ बोली, ''तो तेरा क्या बिगड़ा?''

मटरू ने उदास होकर कहा, ''दीदी मुझ पर हमेशा गुस्सा करती है और मोहन भैया से हँस-हँसकर बोलती है।''

माँ ने हँसी को दबाकर पुकारा, ''सुनती है सरो, मटरू क्या कहता है?''

शरबतिया ने जवाब दिया, ''मटरू आजकल दिन-भर टेंगनवाँ के साथ बीड़ी धौंकता रहता है। उसका मुँह सूँघकर देख!''

मटरू ने मन-ही-मन कहा, 'तुम मना करोगी तो और भी पीऊँगा।'

मनमोहन मुँह-हाथ धोकर पढ़ने के लिए बैठा। शरबतिया पास में ही बैठी मटर की छीमी छुड़ाने लगी। बोली, ''स्काउट में नाम लिखाये हो तुम?''

''क्यों? सभी को भर्ती होना पड़ता है।''

''स्काउट बनकर क्या करते हैं?''

''काम क्या करना होगा? ड्रिल करते हैं और मेला-बाजार लगता है, तब लोगों की सेवा करने के लिए जाते हैं।'' असल में मनमोहन भी पूरी तरह नहीं जानता कि 'स्काउट' का क्या-क्या काम है।

शरबतिया बोली, ''उसके लिए ड्रेस बनवानी होगी?''

''हाँ, बाबूजी से कह दिया है।''

''बाबूजी ने दाम दे दिया है।''

"दिया है? ठीक है, कल ही कपड़ा खरीद लूँगा। प्रियोदा ने कहा है, खादी कपड़ा खरीदना।"

"कौन प्रियोदा?"

"सैकेण्ड मास्टर साहब के छोटे लड़के। तकली कातते हैं। अपने हाथ से कते हुए सूत का ही कपड़ा पहनते हैं...।"

हठात् शरबतिया के चेहरे का रंग बदलते देखकर मनमोहन को खयाल हुआ कि शरबतिया का दूल्हा भी खादी पहनता था। उसने बात को मोड़ने के लिए कहा, "जानती है दीदी, सरस्वती-पूजा में 'भक्त ध्रुव' नाटक होगा, हम लोगों के स्कूल में।"

"तुम भी 'पाट' करोगे?"

"कल बतलाऊँगा।"

"क्यों?"

"कल चुनाव होगा। गाना और 'पाट' पढ़वाकर। तब 'पाट' बँटेगा।"

मनमोहन ने 'भक्त ध्रुव' की कहानी सुनाई। किस्सा सुनते-सुनते शरबतिया कई बार रोने-राने को हुई, लेकिन उसने मन पर काबू पा लिया। मटरू न जाने कब आकर किस्सा सुनने में मगन हो गया था।

कहानी समाप्त होने पर उसने कहा, "मोहन भैया कितना बढ़िया किस्सा जानते हैं। और तू तो दीदी, बस 'एक था बकरचरवाहा और एक था लकड़सुँघवा' का किस्सा ही जानती है।"

"जा-जा! बकरचरवाहा को बकरचरवाहा का किस्सा न सुनाया जाएगा तो राजा-रानी का?" शरबतिया मुस्कराकर मटरू की पीठ पर हाथ फेरने लगी। बहुत दिनों के बाद दीदी ने उसको इस तरह प्यार किया है।

बाहर पैर की आहट सुनकर ही मटरू समझ गया, बाबूजी लौटे हैं। वह दौड़कर बाहर चला गया। शरबतिया ने नाक सिकोड़ ली। वह जानती है, बाबूजी झोली में बोतल लेकर लौटे हैं।...आज फिर कुहराम मचेगा।

शरबतिया उठकर माँ के पास गई। बोली, "मैया, बाबूजी दारू लेकर आये हैं। लगता है, साथ में कालिका मोहरिल भी है।...मोहन

को इसीलिए बोर्डिंग में देना चाहते हैं फूफाजी।''

माँ नाराज हो गई, ''बोर्डिंग में देना चाहते हैं तो दें। कौन मना करता है? दिन-भर थकने के बाद आदमी घर में थोड़ा 'शौख-मौज' नहीं करेगा तो कहाँ जाएगा? इतने दिनों की आदत कैसे छूटेगी भला?''

शरबतिया के बाबू ने अपनी कोठरी से हाँक दी, ''सरो! माँ से कहो, 'चाट-चखना' कुछ तैयार हो तो लेती आये।''

शरबतिया समझ गई, साथ में कोई नहीं, इसलिए आज माँ की बुलाहट हो रही है, कमरे में।...आज माँ भी एकाध प्याली पीयेगी... मटरू भी एकाध घूँट पी लेगा। इसके बाद, किसी बात पर बाबूजी नाराज हो जाएँगे, माँ से। फिर, मटरू को बाहर निकालकर माँ को पीटने लगेंगे। माँ अन्दर रोएगी और मटरू बाहर।...तमाशा शुरू हुआ।

शरबतिया की माँ बोली, ''सरो! तू आकर भात देख जरा।''

शरबतिया ने मटरू से धीरे से कहा, ''मट्टू! तू मत जाना कोठरी में।''

मटरू बोला, ''क्यों, मोहन भैया दारू नहीं पीएगा?''

शरबतिया भात का माँड़ निकालने लगी। मटरू मनमोहन के पास गया और धीमे-धीमे बोला, ''मोहन भैया, जानते हो, बाबा अभी क्या पीयेंगे? दारू...हि हि हि...तुम पीओगे?''

मनमोहन ने डाँटते हुए कहा, ''तू यहाँ चुपचाप बैठ तो।...ले, तस्वीरें देख।''

शरबतिया के बाप ने दो चुक्कड़ पीने के बाद कहा, ''सरो की माँ, एक जगह से सरो के 'चुमौना' की बात आई है। लड़के की उम्र जरा ज्यादा है, 'दो-ब्याहू' है तो क्या हुआ, क़िशनगंज रजिस्ट्री ऑफिस का सीनियर मोहरिल है! अपना मकान है। पहली से दो बच्चे हैं...।''

शरबतिया की माँ दारू गटककर बोली, ''नहीं-नहीं, दो-ब्याहू और बच्चेवाले के साथ मैं हरगिज चुमौना नहीं दूँगी, सरो का। चाहे जो हो जाये!''

''पाँच सौ नगद देगा।''

''पाँच सौ क्या, हजार भी दे, फिर भी नहीं।''

"मुझे रुपये की जरूरत है।"

"तो क्या बेटी बेचोगे?"

"धीरे से बोलो, जरा।" शरबतिया के बाबू ने खुशामद के सुर में कहा। एक चुक्कर और पीने के बाद शरबतिया की माँ भी गम्भीर हो गई।

"क्यों, चुप क्यों हो गई?"

"क्या बोलूँ?"

"इसी फागुन में...।"

शरबतिया की माँ उठ खड़ी हुई, "मैं परमान में डूब मरूँगी, मगर यह कुकर्म अपनी आँखों से नहीं देख सकती।"

शरबतिया भात उतारकर तरकारी छौंक रही थी। मटरू तस्वीरें देखता हुआ सो गया था और मनमोहन चुपचाप खिड़की से बाहर की ओर देख रहा था।

बोर्डिंग में खाने की घंटी बजी।

सात

प्रियोदा!

प्रियव्रत राय। मैट्रिक में पढ़ता है। स्कूल के सभी लड़के और मास्टर उसको प्यार करते हैं। स्कूल ही नहीं, उस छोटे-से कस्बे में उसको प्रायः सभी जानते हैं। हर रविवार की सुबह बगल में झोली लटकाकर 'संन्यासी-आश्रम' के लिए मुठिया वसूलने निकलता है—कभी अकेला, कभी साथियों के साथ। स्कूल का कोई छात्र या शिक्षक बीमार पड़ा कि प्रियोदा अपनी टोली के साथ उसके घर पर हाजिर। जब तक रोगी भला-चंगा न हो जाये, उसका दल सेवा में जुटा रहता है।

रोबी और कालू प्रियोदा के दल में हैं। उन लोगों ने मनमोहन को भी अपने साथ प्रियोदा के दल में शामिल कर लिया।

हर शनिवार को परमान के उस पार 'बालूचर' पर प्रियोदा के दल के सदस्य, स्कूल की छुट्टी के बाद जमा होते हैं। खेल-कूद, गाने-बजाने के अलावा प्रियोदा दुनिया-भर की खबर सुनाते हैं। रविवार का प्रोग्राम तय करते हैं--किस मुहल्ले में कौन जाएगा मुठिया वसूलने, किस बीमार की सेवा करने कौन-कौन जाएँगे।

उस दिन मनमोहन का परिचय देते हुए कालू ने कहा था, "प्रियोदा! यह—मोना...मनमोहन। खूब तेज लड़का है। 'क्लब' का सदस्य होना चाहता है।"

प्रियोदा ने मनमोहन को सिर से पैर तक देखकर पूछा था, "भारतवर्ष के एक ऐसे आदमी का नाम लो, जिसे लोग भगवान का

अवतार समझते हैं।''

''महात्मा गांधी।''

''ठीक है।...तुम पढ़-लिखकर क्या बनना चाहते हो?'' प्रियोदा का दूसरा सवाल।

मनमोहन चुप रहा। फिर बोला, ''वकील।''

सभी ठठाकर हँसे। लेकिन प्रियोदा गम्भीर ही रहे। बोले, ''ठीक है।...बीमार लोगों की सेवा करना जानते हो?''

''सीख लेंगे।''

''शाबाश।...यदि रोगी हैजा से पीड़ित हो?''

मनमोहन चुप रहा; क्योंकि हैजा के नाम से ही उसे डर लगने लगता है।

''गाना जानते हो?''

''जी।''

''तैरना?''

''जी नहीं।''

प्रियोदा ने सूर्यनारायण नामक सदस्य से कहा, ''सूरज! मोना तैरना नहीं जानता।''

''सीख जाएगा। एक दिन उठाकर पानी में फेंक दूँगा, खुद तैरने लगेगा।''

सभी हँसे। सूर्यनारायण पढ़ने में कमजोर है, लेकिन शरीर उसका मजबूत है। रोज एक सौ 'डंड-बैठक' करता है। उसके साथी 'सूरज पहलवान' कहते हैं उसको। दल के सदस्यों को तैरना सिखलाना उसी का काम है।

उस दिन सभी ने नये सदस्य मोना, यानी मनमोहन से गीत सुनने की इच्छा प्रकट की। मनमोहन पहले लजाया, किन्तु जब प्रियोदा ने आग्रह किया तो उसने खखासकर गला साफ किया।...कौन गीत गाये वह? उसने शुरू किया!

''राम रहीम न जुदा करो भाई
दिल को सच्चा रखना जी... ।''

गीत समाप्त होने के बाद प्रियोदा बोले, ''वाह! बहुत मीठा गला

है तुम्हारा! कालू, तुम 'प्रभातफेरी' वाले दोनों गीत मोना को सिखा देना।''

सूरज पच्छिम की ओर झुक गया। बालूचर पर लाली उतर आई। परमान की धारा पर डूबते हुए सूरज की अन्तिम किरण झिलमिलाई। पखेरू दल बाँधकर बाँस-वन की ओर लौटने लगे। प्रियोदा के दल के सभी सदस्य पंक्ति बाँधकर लौटे। पुल के पास एक गाड़ीवान तन्मय होकर गीत गा रहा था—''भोला गरीबक दीन, कहिया हरब भोला गरीबक दीन।''...

सूरज ने भी उसी सुर में सुर मिलाकर गाना शुरू किया—''एक टा जे लोटा छल, बेटा छल तीन—पनियाँ पीबैत काल लोटा लेलक छीन...''

कृत्यानन्द झा ने कहा, ''विद्यापति की 'नाचारी' है।''

''नाचारी?''

''लाचारी।''

—ट्रट्ठाँय!...

बालूचर के उस पार से किसी ने फायर किया। एक पखेरू बालू पर गिरकर छटपटाने लगा। उसका जोड़ा विकल होकर बहुत देर तक रोता रहा।... मटमैले अन्धकार में एक अर्दलीनुमा आदमी दौड़ा हुआ आया और मरी हुई चिड़िया के डैने को पकड़कर चिल्लाया, ''मिल गया हुजूर!''

इब्राहीम बोला, ''सब-डिप्टी साहब का अर्दली है। साला, भारी खचड़ा है।''

प्रियोदा के मुँह से अचानक निकला, ''हॉल्ट!''

तब इब्राहीम को अपनी गलती का एहसास हुआ। दल का नियम है—कोई सदस्य किसी किस्म का अपशब्द या गाली मुँह से नहीं निकालेगा। इब्राहीम ने तुरन्त सिर झुकाकर दल के नायक प्रियोदा और सदस्यों से माफी माँगी, ''बात यह है कि साले ने...।''

सभी हँसे। प्रियोदा ने गम्भीर होकर कहा, ''इब्राहीम, यह तुम्हारी आठवीं गलती है, 'दस' होते ही हम तुम्हारे साथ नहीं रहेंगे।''

इब्राहीम ने पूछा, ''लेकिन सरकारी अफसरों को गाली देने में क्या हर्ज है?''

"तुम्हारा मुँह खराब होगा। उनका कुछ भी नहीं बिगड़ेगा।"

"मगर वे जो गाली देते हैं?"

"वे ही क्यों, बहुत लोग गालियाँ बकते हैं।"

"नहीं प्रियोदा, आप इब्राहीम को नहीं समझा सकिएगा। वह महीन बात देरी से बूझता है। मैं समझा देता हूँ।...देखो, इब्राहीम! यदि 'क्लब' का मेम्बर रहना है तो इसके 'रूल्स' को मानना होगा। नियम है कि कोई सदस्य आपस में बातचीत के सिलसिले में भी कोई खराब शब्द नहीं बोलेगा। जानते हो न?...बस। बात खत्म।"

'सहुआइन-धर्मशाला' के पास आकर सभी ने एक-दूसरे से विदाई ली। कालू ने कहा, "मोना, तू रास्ते में डरेगा, मैं जानता हूँ। चल, मैं पहुँचा दूँ।"

प्रियोदा ने कहा, "मोना डरता है? मैं उसे पहुँचा दूँगा। तू घर जा कालू!"

रास्ते में प्रियोदा चुप रहे। एक सूनी जगह पर आकर रुक गए।... सड़क के दोनों ओर बड़े-बड़े पीपल के पेड़। दोनों ओर बहुत दूर तक खंडहर और मैदान। पास के एक उजड़े हुए मकान की ओर इशारा कर प्रियोदा ने कहा, "जानते हो, इस घर में कभी मुर्दों की चीर-फाड़ होती थी—पोस्टमार्टम-हाउस था यह। इसीलिए, लोगों को डर है कि आसपास के पेड़ों पर भूत-पिशाच किलकिल करते रहते हैं, मैदान में प्रेतनियाँ नाचती हैं—संतालियों की तरह झुंड बाँधकर।...क्यों, डरने लगा?"

"जी नहीं।"

"अकेले यहाँ आ सकते हो?"

"जी नहीं।"

प्रियोदा हँसे। बोले, "देख मोना, भूत-प्रेत ऐसे आदमी को कभी नहीं तंग करता, जो 'दस' का काम करता हो। तुम्हारी उम्र में मैं भी डरता था। मेरे गुरु महाजन ने मुझसे हँसकर कहा कि 'दस' और 'देश' का काम करनेवाला तो खुद 'भूत' होता है—उसको भूत क्या कर सकता है?...चलो, शुरू करो तो वह गाना—राम रहीम ना..."

मनमोहन गाने लगा, "राम रहीम ना जुदा करो भाई, दिल को सच्चा रखना जी-ई-ई-ई!!..."

आठ

मनमोहन के बाबूजी ने घर लौटकर भोजन करते समय कहा, ''बबुआ ने तो इस बार तमाशा खड़ा कर दिया था। जाकर देखता हूँ तो आँखें लाल-लाल अड़हुल के फूल की तरह रोते-रोते... ।''

मनमोहन के काका ने टोका, ''तो लेते क्यों नहीं आये, दू दिन के खातिर?''

''सुनोगे भी!...मोहरिल की बेटी शरबतिया एक ओर तो दूसरी ओर मोहरिल की घरवाली समझा रही है। और, बबुआ की बस एक जिद–घर जाएँगे। अभी जाएँगे। यहाँ नहीं पढ़ेंगे।...मुझे देखकर और फफकने लगा। मैं अवाक्! बच्चे का जार-बेजार रोना देखकर मेरा भी... ।''

मनमोहन के काका रोने लगे।

बड़े भाई ने डाँटा–''अब तू क्यों रोने लगा? पहले बात तो सुन ले।...अरे! उसको मास्टर ने बेंच पर खड़ा होने को कहा और यह जिद खा गया–मैंने कोई गलती नहीं की है तो बेंच पर क्यों खड़ा होऊँगा!... मास्टर आखिर मास्टर है कि–दिया होगा एकाध तमाचा कसके, और यही 'बही-बस्ता' लेकर टिफिन के बाद फिरार!...मैंने समझाया रातभर। दूसरे दिन विचार हुआ कि बोर्डिंग में रख दें। मगर दूसरे दिन स्कूल से लौटकर आया तो एकदम बदला हुआ। मास्टर ने सबसे आगे बैठाया। जितना सवाल पूछा, सबका सही-सही जवाब दिया। शाम को देखा, खत्री बाबू वकील और घोष बाबू वकील के लड़के आये। पुकारा– मोना!...जानते हो, उसके साथी उसे प्यार से 'मोना' कहते

हैं। चिढ़ाते हैं, 'मोहन मुरलीवाला' कहकर।''

''मोना?...मोना...मोना...कितना बढ़िया नाम? भौजी! कहाँ है, सुनती है? अब हमारे कुमार साहेब का नाम क्या से क्या हो गया? मोना...मोना...वाह रे मोना! अब हम लोग भी मोना ही कहेंगे।'' मनमोहन के काका अब खुशी से रोने लगे। उनकी आँखों से आँसू झर रहे हैं और वह हँस-हँसकर बातें कर रहे हैं, ''मैं कल ही जा रहा हूँ—दही-मछली लेकर।''

भाई ने टोका, ''देखो, इस तरह रोज दही-मछली लेकर जाओगे तो उसका मन उचाट हो जाएगा। दिल लगने दो ठिकाने से।...होली की छुट्टी में तो आएगा ही। और हर सप्ताह मैं जाता ही हूँ, कचहरी के काम से।''

मनमोहन की माँ न हँसती है, न रोती है। न हुलसकर कुछ पूछती है, न बिलखकर बेटे के बारे में कुछ कहती है।...जब मनमोहन तीन महीने का था, 'सन्निपात' से लबेजान हो गया। एक दिन तो 'दम' भी खत्म हो चुका था। डाक्टर और वैद, ओझा-गुनी सब हार मान गये थे। मनमोहन की माँ ने देखा—बड़ी-बड़ी दाढ़ी-मूँछोंवाला एक जटाधारी उसकी गोद से बच्चे को झपट्टा मारकर ले भागा। मनमोहन की माँ दहाड़ मारकर रो पड़ी और दौड़ी उस 'बचपकड़ा' के पीछे। जब उसकी घिग्घी बँध गई तो उस भयंकर मूर्ति ने उलटकर डाँटा, खराब-खराब गालियाँ देने लगा और बोला, 'यह तेरा बच्चा है?' मनमोहन की माँ ने कहा, 'हाँ, बाबा!' इस पर उस विकराल व्यक्ति ने जोर से एक और भद्दी गाली देते हुए कहा, 'तब तो अभी ही इसका गला घोंट दूँगा।' और वह बच्चे के कंठ पर दोनों हाथ की उँगलियों के नाखून गड़ाने को तैयार! मनमोहन की माँ को अचानक ज्ञान हुआ। बोली, 'यह आपका ही बच्चा है। मैं तो इसकी 'धाई' हूँ। पालती हूँ इसको।' यह सुनकर वह देव या दानव हँसा। खुश हुआ। बोला, 'तो ले जा। मगर याद रखना। इसे अपना बेटा समझेगी, इसे बेटे की तरह लाड़-दुलार करेगी तो मैं इसे लेकर चला जाऊँगा...' मनमोहन की माँ की आँखें खुलीं तो देखा, चारों ओर लोग घेरकर बैठे हैं। वैद्यजी हैं, मनमोहन के बाबूजी, काका—सभी अचरज से देख रहे हैं। उधर,

दिन-भर से 'हुक-हुक' करता दम तोड़ता हुआ बच्चा रोने लगा। वैद्यजी खरल में जल्दी-जल्दी मकरध्वज घोंटने लगे।...तब से मनमोहन की माँ को उस मूर्ति के कई बार दर्शन हो चुके हैं। हर बार, वह हाथ का चिमटा खनखनाकर चेतावनी दे गया है, 'याद रखना!'...और, इसी को कहते हैं भगवान की माया! माँ के बदले मनमोहन को उसके काका ने 'माँ' का लाड़-प्यार दिया है। उसी लड़के के कारण उनके स्वभाव में कुछ स्त्री-सुलभ गुण-दोष आ गये हैं।...मनमोहन अपनी माँ को मौसी कहता है।

इसलिए बड़े भाई के कहने के बावजूद उन्होंने रात में ही प्रोग्राम पक्का कर लिया, 'अब भैया बिगड़ें मुझ पर या जो करें, मैं तो कल दही-मछली लेकर जाऊँगा ही।'

और सुबह को सचमुच वह घर से लापता थे। मनमोहन की माँ हँसकर बोली–''वह लौंडा जितना रोया है, उससे दसगुना तो ये रास्ते में ही रोएँगे। फिर वहाँ पहुँचकर...इस बार मुनीजी से मोनाजी...!''

अचरज की बात! मन पर बंधन डालने से सब कुछ हो सकता है, शायद; क्योंकि उस बीमारी के बाद से ही मनमोहन की माँ सौतेली माँ समझने लगी अपने को।...और इस बेरुखी और बिलगाव के कारण मनमोहन भी माँ को कभी अपनी माँ नहीं समझ सका; उसने 'माँ' कभी नहीं कहा।...'दुश्मन' छोड़कर माँ ने कोई दूसरा प्यार-भरा संबोधन नहीं किया! और मनमोहन ने रोते समय कभी 'माँ-माँ' कहकर नहीं पुकारा। 'रुलाई' शुरू होने के पहले–'का–का...'

...दुश्मनी साधने के लिए कभी-कभी मोहन की माँ बेरहमी से पीटती थी।...वह भूल गई है कि कभी मनमोहन उसके गर्भ में था। मनमोहन के पहले तीन-तीन बच्चों की मृत्यु–ठीक तीन महीने की उम्र में और 'सन्निपात' से ही हुई। सो, अब सब कुछ भूल गई है कि कौन उसके गर्भ में था और कौन नहीं।

...पढ़-लिखकर ही क्या कर देगा उसका? जिसका बेटा है, उसके काम आयेगा।

बड़ी-बड़ी दाढ़ी घुँघराली–जटा-जूट–लाल-लाल आँखें–खराब-खराब गालियाँ, जिन्दगी-भर, देखती-सुनती रहेगी वह!

नौ

मनमोहन के काका ने टमटम से ही ताराबाबू वकील के घर के पास एक दर्जन से अधिक लड़कों को 'खोल-करताल' बजाकर गीत गाते देखा। फिर ध्यान से देखकर पहचान लिया—सबसे छोटा तो मुनीजी माने 'मोना' ही है। उन्होंने टमटमवाले से कहा, "जरा रोकना यहाँ।"

लड़कों का दल कीर्तन गाता हुआ आगे बढ़ गया। गीत की कोई पंक्ति उनकी समझ में नहीं आयी। पूछने पर पता चला कि पश्चिम की ओर कहीं 'प्लेग' की बीमारी फैली है। उन्हीं लोगों की सहायता के लिए वे मुठिया-चन्दा माँग रहे हैं—भीख? मुनीजी माने 'मोना' भीख माँग रहा है! पढ़ने आया या यही सब करने?

शरबतिया ने लक्ष्य किया, इस बार मनमोहन के काका मुँह लटकाकर टमटम से उतरे। चेहरे पर कहीं हँसी-खुशी की पतली रेखा भी नहीं।

शरबतिया ने प्रणाम किया, तो जवाब में मिनमिनाकर कुछ कहा। शरबतिया बोली, "मोहन अभी 'परभातफेरी' में गया...।"

"देखा है, रास्ते में। क्या कहा? कौन फेरी?...भीख माँगने को 'परभातफेरी' कहते हैं? तुम्बाफेरी तो सुनी थी, मगर यह...मैं पूछता हूँ...यहाँ पर इसी के लिए उसको रखा है कि भोर-हि-भोर उठकर हाथ में झोली-झंडा लेकर भीख माँगे—ऐं?" मनमोहन के काका ने रुखाई से पूछा।

जवाब दिया शरबतिया की माँ ने, "छोटके पाहुन, बात तो आप

ठीक ही कहते हैं, मगर हम लोग तो समझाने-भर को ही समझावेंगे। मार-पीट तो नहीं कर सकते पराये बच्चे को।...अब देखिए कि बाप दे गया था 'स्कौट' का 'उर्दू' सिलाने के लिए दाम। न मामा को पूछा, न बहिन को। रुपया लेकर बबुआ गये और मारते 'मोटिया-खद्धड़' उठाके ले आये।...भैया, इस 'मोटिया खद्धड़-गाँधी-सुराजी' का नाम सुनते ही मेरी देह में आग लग जाती है। मैं क्या बोलूँ? फिर भी मैंने कहा कि बबुआ, यह काम तुमने अच्छा नहीं किया।"

शरबतिया दही-मछली उठाकर आँगन में ले गई और एक बाल्टी पानी भरकर ले आई। बोली, "खद्धर खरीदा है तो क्या बेजा किया? तू तो बेबात की बात बकती रहती है हमेशा।"

"मैं बकती हूँ?"

"हाँ, तुम चुप रहो...छोटके फूफा, मोहन प्रभातफेरी में अकेला ही नहीं गया है। बड़े-बड़े वकील-मुख्तार के बेटे और संन्यासी महाराज लोग गये हैं।...दस की भलाई के काम से पुण्य होता है। कोई चोरी-चमारी थोड़े करने गया है!"

मनमोहन के चाचा की 'अकिल' गुम हो गई शरबतिया की बात सुनकर। उस बार तो ऐसी 'टाँय-टाँय' बतियाती थी?...कहती है, चोरी-चमारी थोड़े करने गया है!

शरबतिया की माँ अब आँगन में बड़बड़ाने लगी, "भैया, जैसे अपना बच्चा, वैसे पराया। मैं चुप नहीं रहूँगी।...आज खद्धड़ खरीदकर ले आया है। कल को कहेगा कि डोम-हाड़ी के साथ बैठकर खाएँगे। तो परसों सुनेंगे कि दारू की दूकान पर 'पिकेटिन' करने चला गया। और इसके बाद एक दिन पुलिस-दारोगा आकर मेरा घर कुर्क-नीलाम करे।...दही-मछली खाया हुआ सब एक ही दिन साफ! मैं कह देती हूँ...किसी को भला लगे या बुरा। हाँ-आँ!"

शरबतिया हँसी, "आ गए भिखारी लोग!...आइए, यहाँ काका मुगदर लेकर बैठे हैं।"

मनमोहन के साथ प्रियव्रत यानी प्रियोदा भी था। काका को देखकर मनमोहन को थोड़ा अचरज हुआ। फिर प्रियोदा से बातें करने लगा।

मनमोहन के काका को भीषण क्रोध हुआ। वह मन-ही-मन सुलगने लगे। प्रियोदा जब चला गया, मनमोहन मुस्कराता हुआ काका के पास गया। पाँव छूकर प्रणाम करने के बाद काका का कठोर और कर्कश सवाल, ''यह लौंडा कौन था रे?''

''कौन लौंडा? अरे, वे तो प्रियोदा हैं!'' मनमोहन जरा कुंठित हुआ।

''कौन था?...देखोजी, मुनीजी! तुमको यहाँ लोग मोना कहें या सोना—मैं बात जानूँ 'सफासफी'...चार दिन में ही शहर की हवा तुमको इस तरह लग जाएगी, यह जानता तो भैया को हरगिज...।''

''आखिर हुआ क्या!'' मनमोहन ने हँसने की चेष्टा की। क्रोधित काका को खुश करना वह जानता है। बोला, ''किधर है शहर की हवा? बोलिए न?''

शरबतिया मुस्कराई। काका ने मुँह फेरकर कहा, ''रुपया तुमको खद्धड़ खरीदने के लिए दिया गया था या वर्दी सिलाने के लिए?... और भीख ही माँगनी है तो पढ़कर क्या करोगे? चलो घर!''

मनमोहन से कब तक नाराज रहेंगे काका! पाँच मिनट में ही सारा गुस्सा खत्म! काका ने तुरन्त पूछ दिया, ''तुमको किस मास्टर ने 'झापड़' लगाया था मुनीजी—थोथना या खोखना?''

मनमोहन हँसा। लेकिन उसको अचानक किसी बात की याद आ गई। उसने धीमे से कहा, ''थोथना-खोखना नहीं, 'देखना'—प्रमोद बाबू न डाँटते हैं, न मारते हैं। सिर्फ आँखें फाड़कर देखते हैं—लगातार पाँच मिनट तक एकदम गुमसुम!''

''खूब हैं तेरे मास्टर सब!''

मनमोहन बोला, ''नहीं काका, हमारे सभी मास्टर, पंडित और मौलवी पूज्य हैं।''

''क्या हैं?''

''पूजने योग्य।''

''यह सब किसने सिखाया तुमको?''

''प्रियोदा ने।''

शरबतिया बोली, ''पहले जलपान कर लीजिए, आप लोग। आज

रविवार है, फिर सारा दिन दोनों—काका-भतीजा—गप्प करते रहिएगा।''

मनमोहन ने प्रियव्रत के बारे में जो कुछ सुना और देखा, पहले काका को विस्तार से बतलाया। मनमोहन ही नहीं, प्रियोदा के बारे में सारे कस्बे में इसी तरह लोग पूछते और कहते हैं।

...सेकेण्ड मास्टर का सबसे छोटा बेटा—प्रियव्रत! कहते हैं, बच्चों और गाय, बैल, भैंस और कुत्तों से पलक मारते ही हेल-मेल और दोस्ती करने की कला वह भगवान से ही सीखकर आया है। सात साल की उम्र में पड़ोस में आयी हुई बरात के हाथी को लड्डू खिलाकर नहीं, 'चुचकार-चुमकार'-भरी मीठी बोली से उसने मोह लिया था। और, हाथी उसके कहते ही बैठ गया था—सूँड़ सामने बढ़ाकर। प्रियव्रत, महावतों की तरह सूँड़ के सहारे हाथी की गर्दन पर चढ़ बैठा था। जब हाथी उठा और प्रियव्रत के कहने पर चलने लगा तो एकत्रित बालकों के दल ने कुहराम मचाया, 'हाथी पगला गया।...सेकेण्ड मास्टर का छोटका बेटवा पगला गया है।' लोगों ने देखा, बीच बाजार की सड़क पर हाथी मस्त होकर घण्टा हिलाता-डुलाता चल रहा है। रह-रहकर सूँड़ ऊपर उठाकर 'कू-कू' बोलता जाता है, मानो प्रियोदा के साथ खेल रहा हो।...सेकेण्ड मास्टर साहब ने देखा और चुपचाप आँखें मूँदकर बरामदे में खड़े हो गए। प्रियोदा की माँ बेहोश हो गई। महावत दौड़ा।

तब तक प्रियोदा को लेकर हाथी लाला बाबू के बगीचे से वापस आ गया था।

...मुहल्ले के ही नहीं, सारे अररिया-कोर्ट कस्बे के छोटे-छोटे बच्चे प्रियोदा को देखते ही किलक उठते हैं। न वह मिठाई बाँटते हैं, न लेमनचूस, पर बच्चे उन्हें हमेशा घेरे रहते हैं। क्या हिन्दू, क्या मुसलमान, गरीब-अमीर—सभी के बच्चे प्रियोदा की बोली सुनते ही माँ-बाप को छोड़कर दौड़ पड़ते हैं, 'प्रियोदा आया!'

...बच्चों और कुत्तों के झुंड के साथ खेलते देखकर, एक दिन 'संन्यासी-आश्रम' के बड़े महाराज को अचरज हुआ था। उन्होंने प्रियव्रत को 'आश्रम' में आने को कहा। तभी से महाराजजी को 'गुरु महाराज' कहता है प्रियव्रत। महाराजजी ने ही उसको 'बच्चों का मेला'

और 'किशोर-क्लब' संगठित करने की सलाह दी थी।

...सारे कस्बे के लोग 'किशोर' के गुणों पर मुग्ध हैं। वह सारे कस्बे का बेटा है, इसलिए उसके सभी काम में लोग जी खोलकर मदद करते हैं।

बच्चों का मेला साल में एक बार लगता है–संन्यासी-आश्रम में। सभी जाति और वर्ग के बच्चों का यह मिलन देखने योग्य होता है। एक साथ सैकड़ों बच्चे एक ही पंक्ति में बैठकर प्रसन्न होकर खिचड़ी खाते हैं। दोपहर को 'पतंग' का मैच–आकाश में सैकड़ों रंग-बिरंगी पतंगें–ब-काटा, ब-काटा! खेल-कूद-इनाम, हँसी-हल्ला–गीत-कीर्तन–सारा दिन!

...'किशोर-क्लब' की मेम्बरी के लिए कुछ चन्दा नहीं देना पड़ता। सिर्फ इसके नियमों का पालन करना–चन्दा देने के बराबर। क्लब का कोई घर नहीं, न रसीद, न रजिस्टर। सब कुछ मौलिक। लेकिन साल में एक बार 'संन्यासी-आश्रम' में क्लब के सदस्य एकत्रित होते हैं। वाद-विवाद-प्रतियोगिता, व्यायाम-प्रदर्शन तथा क्लब की कार्यवाहियों का साल-भर का लेखा-जोखा–कस्बे के प्रतिष्ठित जन ही नहीं, साधारण जन तक प्रस्तुत करते हैं।...इस बार इनुस टमटमवाला भी बोला। शिवनाथ झा वकील क्लब के सदस्यों की तहेदिल से तारीफ करके ज्योंही बैठे, इनुस टमटमवाले ने कहा, "हमारी भी एक अरज है।...बात यह है कि हम ठहरे शराबी-कबाबी आदमी, मगर प्रियोदा के कहने से हमने एकदम पीना छोड़ दिया। कहिए, काहे? तो, सुनिए एक दिन का किस्सा..."

मनमोहन के काका ने कहा, "लेकिन, तू पढ़ने आया है या यहीं 'दादा-दादी' का किस्सा सुनने?"

"काका, एक बात कहूँ?"

"कहो।"

"तुम रोज एक सौ डण्ड-बैठक करो।"

"सो काहे? मैं क्या कमजोर हूँ?"

"और एक बात।"

"बोलो।"

"अपने कलमबाग में जिधर जड़ी-बूटी के पौधे हैं—गोल-गोल पत्तेवाली, जड़ी, जिसको तुम लोग 'भटपुरइन' कहते हो—वह 'ब्राह्मी' है, रोज उसका रस पीयो।"

"इससे क्या होगा?"

"प्रियोदा कहते हैं, बुद्धि तेज होती है।"

"मारूँगा...!"

शरबतिया खिलखिलाकर हँस पड़ी थी।

दस

सरस्वती-पूजा के बाद मनमोहन को स्कूल-भर के लड़के पहचानने लगे। उसके गीत 'राम रहीम ना जुदा करो' पर सभी मुग्ध हैं। बहुत दिनों तक गली-गली में इस गीत की कड़ियाँ गूँजती रहीं...और, मोहरिल-मुहल्ला में तभी से उसका 'धुरुबजी' नाम चल पड़ा है। अब शरबतिया भी धुरुबजी कहती है।...एक दिन क्लास में हफीज साहब ने कहा, "जनाब धुरुब साहब, आप तो छिपे रुस्तम निकले।" सारा क्लास ठठाकर हँस पड़ा था। हेडमास्टर साहब ने ऑफिस में बुलाकर कहा–"पढ़ा-सोना करके क्या करेगा तुम? बाप को बोलो, 'उस्ताद' से गान सिखायकर 'उस्ताद' बना देगा।" सुनकर मनमोहन लजा गया था। बोला था, "सर, अब नहीं गाऊँगा।"...हेडमास्टर साहब ने प्यार से कहा था, "तुमि एकटा आस्त गाधा।" अर्थात् 'तुम पूरा गधा हो–अधूरा नहीं!'

त्रैमासिक परीक्षा में मनमोहन क्लास में अव्वल आया, तो हफीज साहब ने कहा, "मुरलीवाले धुरुब साहब, इस बार मैंने नम्बर दे दिया है। छमाही से अगर इस तरह अपने मन से हिस्ट्री के सवालों के जवाब लिखिएगा तो नम्बर के नाम पर 'लड्डू' मिलेगा।"

होली की छुट्टी हुई। लेकिन मोहरिल मामा ने शरबतिया को साथ नहीं आने दिया। बोले, "गरमी की छुट्टी में आम खाने जाएगी।"

काका ने कहा, "मैं लेने आ जाऊँगा।" मनमोहन ने मना कर दिया था। इस बार मनमोहन अकेला घर आया। उसके काका को

भारी अचरज हुआ, "अरे मुनीजी, तूने टिकट कैसे कटाया अकेले? अकेले ट्रेन में कैसे सवार हुआ?"

गाँव आकर मनमोहन को लगा—गाँव के खेत-मैदान, बाग-बगान सभी उसके काका की तरह ही कोई सवाल करते हैं...चने के खेतों और सकरकंद, मिसरीकंद की बगिया से कोई इशारा करता है—'यहाँ आओ!' पुरवा और पछिया हवा सुबह-शाम पूरब और पश्चिम के टोलों से निमन्त्रण ले जाती है। गाँव के संगी-साथी, लँगोटिया यारों की टोली जमती है। डमरू और नगाड़े बजने लगते हैं। मनमोहन कहता है, इस बार खराब-खराब 'कबीर' नहीं, इस बार नया 'भँड़ौआ' गाओ :

"नी रखनी नी रखनी...।
सरकार जाली नी रखनी...।"

मनमोहन के बाबूजी ने होली के बाद एक दिन पास बिठाकर उससे पूछा, "खद्दर पहनने से हेडमास्टर साहब तो नाराज नहीं हुए हैं?"

"नाराज क्यों होंगे; संस्कृत पंडितजी भी खद्दर पहनते हैं और सेकेण्ड मास्टर साहब भी। क्यों, क्या बात है?" मनमोहन बोला।

बाबूजी ने कहा, "देखो बबुआ, मैं तुमको खद्दर पहनने से मना नहीं करता, लेकिन वकील बनना है।"

मनमोहन हँसा। बाबूजी ने उसकी इस हँसी का मतलब नहीं समझा। उन्होंने पूछा, "क्यों? हँसते क्यों हो?"

मनमोहन को प्रियोदा की बात याद आई। प्रियोदा के सवाल का जवाब उसने दिया था—'वकील बनूँगा।' उस दिन प्रियोदा कुछ नहीं बोले थे। कई दिन बाद उन्होंने कहा था, 'मोना! तू मोना ही क्यों नहीं रहना चाहता? 'वकील' क्यों बनना चाहता है?' मनमोहन ने जवाब दिया था, 'बाबूजी चाहते हैं।' यह सुनकर प्रियोदा ने कहा था कि 'तुम्हारे बाबूजी यह नहीं जानते हैं कि वकील और डाक्टर अपने माँ-बाप से भी फीस लिये बगैर मुकदमा और रोगी को नहीं छूते!... खीरोद बाबू वकील का किस्सा नहीं मालूम? एक बार एक मुकदमा में अपने ससुर से ही जिरह कर दिया था—क्या यह बात सच नहीं कि

मुहल्ले के लोग सुबह-सुबह आपका नाम नहीं लेते?' मनमोहन हँसा था। तब प्रियोदा ने कहा था, 'अभी क्या हँसते हो? ससुर ने क्या जवाब दिया, सो सुन लो। जमाई घाघ वकील, तो ससुर भी पुराना मुकदमाबाज। बहुत स्थिर और शांत स्वर में उन्होंने जवाब दिया–हाँ, पहले तो नहीं। जब मैंने अपनी गाय जैसी मँझली बेटी की शादी एक कसाई से कर दी, तब से लोग सुबह-सुबह मेरा नाम नहीं लेते!'

मनमोहन ने अपने बाबूजी को अपनी हँसी का कारण और खीरोद बाबू वकील का 'चुटकुला' सुना दिया। बाबूजी भी हँसने लगे। बोले, ''सचमुच, खीरोद बाबू कसाई हैं।''

मनमोहन के काका ने न जाने क्या समझा। कहा, ''भैया, मुनीजी से आजकल बहस मत करो कोई। तुरन्त 'भटपुरन' की पत्ती पीसकर पीने को कह देगा। कहेगा–ब्राह्मी रस पीने से बुद्धि तेज होती है। इसके प्रियोदा ने कहा है।''

मनमोहन के काका छुट्टी-भर उससे मुँह फुलाये रहे। हर बात में ताना देकर कहते–''तू अब उड़ने लगा है। शहर की हवा लग गई है। तू हम लोग को गधा समझता है। अब तुम भी मण्डलजी मास्टर की तरह अपने बाप-काका के बारे में लोगों से कहेगा, 'ही इज माइ सरवेण्ट।' अभी तो साल भी नहीं पूरा हुआ है।''

लेकिन छुट्टी खत्म होने के एक दिन पहले उन्होंने भरे गले से कहा, ''मुनीजी, हम लोग जाहिल-भट्ट, भैंसवार-गाड़ीवान हैं, मगर हैं तुम्हारे बड़े, इसलिए मेरे कहे-सुने का बुरा मत मानना। जो जी में आये, करो, मगर पढ़ाई में पीछे मत होना किसी से!...और साधु-संन्यासी लोगों से तनिक दूर-दूर ही रहना। उन लोगों का क्या, कोई ऐसा 'मन्तर' पढ़कर फूँक देंगे कि हम लोगों को पहचानोगे भी नहीं!''

जब मनमोहन स्कूल लौट गया तो उसके काका ने कहा, ''भैया, मुनीजी इतना जल्दी इतना निडर हो गया। यहाँ गाँव में जिस दिन कोई 'लाल पगड़ी' वाला आ जाता है, तो दिन-भर घर में छिपा रहता था डर से। अब देखिए कि 'टिकस-चेकर' से लेकर 'गाट साहब' तक से अंग्रेजी में बतियाता है। सैकड़ों लाल पगड़ीवाले पुलिस के सामने खद्दर की वर्दी पहनकर 'लेफरैट' करता हुआ शान से चला जाता है।''

सैकड़ों लाल पगड़ीवाले तो नहीं, दर्जनों लाल पगड़ीवाले एक दिन मनमोहन के स्कूल में आये...।

...चैत की उदासी चारों ओर छाई हुई है। गर्मियों की छुट्टी में अभी देरी है। एक दिन ऐसी उदास रात में प्रियोदा साइकिल पर मनमोहन के डेरे पर आये। मनमोहन आँखें मलता हुआ बाहर आया। मोहरिल मामा और मामी की नींद तो नहीं खुली, शरबतिया दीदी जग पड़ी थी।

प्रियोदा बोले, "मोना, जानता है, महात्मा गांधी गिरफ्तार हो गए।"

मनमोहन ने पूछा था–"क्यों?"

प्रियोदा हँसे थे, "गाँव जाकर बुद्धि जरा मोटी हो गई है तेरी। पूछता है, क्यों?"

मनमोहन लज्जित हुआ। सचमुच यह बात ही ऐसी है कि 'क्यों' का सवाल ही नहीं उठता।

मनमोहन ने हिम्मत करके पूछा, "तब? माने हम लोग... आप...?"

"हम लोग कल हड़ताल करेंगे–'स्ट्राइक'–स्कूल नहीं जाएँगे–बाजार बन्द रहेगा।" प्रियोदा बोले।

"सरकार...माने...पुलिस-दारोगा?"

"क्या करेगा? हम कल खाना नहीं खाएँ–स्कूल नहीं जाएँ–कोई चीज खरीदें नहीं, बेचें नहीं, इससे सरकार को क्या सरोकार?

"...मगर 'हड़ताल' के अगुआ लोगों पर वे नजर रखेंगे। सजा और जुर्माना करने की सलाह देंगे, हेडमास्टर साहब को। हाँ, मैं तुमसे पूछने आया था कि तू क्या करेगा? तू तो 'स्कॉलरशिप-होल्डर' है। ऐसी हड़तालों में 'फ्रीशिप' और 'स्कॉलरशिप' वाले लड़के कभी साथ नहीं देते। वकील, मुख्तार और अफसरों के लड़के साथ नहीं देते।... तू सोचकर देख, क्या करेगा। मैं अभी आता हूँ। सुबह बाजार खुले ही नहीं, ऐसा कुछ करना होगा।"

अंधकार में चुपचाप कई मिनटों तक खड़ा रहा मनमोहन। प्रियोदा साइकिल पर सवार होकर चले गए।...चौराहे तक उनकी परछाईं बोलती गई, 'तू सोच के देख। तू क्या करेगा?...बायें या दायें अथवा

सीधे? किधर?''

''उधर कहाँ जा रहे हो?'' शरबतिया ने पूछा तो मनमोहन को होश हुआ। शरबतिया धीरे से बोली, ''क्या हुआ है मोहन? क्या बात है? कौन गिरफ्तार हुआ है?''

मनमोहन को लगा कि चैत महीने की सारी उदासी शरबतिया दीदी की बोली में उतर आई है। फौजदारी कचहरी के कंगूरे पर चाँदनी! लगता है, कैथोलिक अस्पताल की मेम सिर से पैर तक सफेद आबा-काबा में सिर झुकाकर फौजदारी-कचहरी की छत पर जा खड़ी हुई है।

शरबतिया और निकट आई, ''बोल न?''

''महात्मा गांधीजी!''

शरबतिया बोली, ''ओ-हो! गांधीजी की गिरफ्तारी कोई ऐसी-वैसी गिरफ्तारी है! पिछली बार पकड़कर जेल में रखा। अंग्रेज सार्जेण्ट का माथा खराब हो गया। वह दौड़कर जेल के अन्दर जाकर देखता है तो महात्माजी जेहल की कोठरी में बैठकर चरखा कात रहे हैं। और जेल से बाहर—महात्माजी के घर में जाकर देखा—वहाँ भी वे मौज से चरखा चला रहे हैं। अंग्रेज सार्जेण्ट का माथा खराब हो गया था। चलो, सो रहो।''

मनमोहन बिछावन पर लेटा, किन्तु उसे नींद नहीं आई। कुछ देर तक उसकी कनपट्टी गरम रही। बाद में उसका मन रोने लगा।...इस बार होली की छुट्टी में घर गया तो माँ पुष्पी को लेकर मामा के घर चली गयी थी। बड़ी फूआ ने तरह-तरह के पकवान बनाये थे, लेकिन माँ के हाथ के मालपुए में जो स्वाद होता है...। पुष्पी को देखने के लिए जी छटपटा रहा है। बाबूजी ने कहा था कि होली में मामा के घर चला जा। मगर काका को अकेला छोड़कर वह कैसे जाता! और काका मनमोहन के 'ननिहाल' नहीं जाते। किसी वजह से रूठे हुए हैं।

...पुष्पी जब बड़ी होगी, उसे लाकर यहाँ के लड़की-स्कूल में भर्ती कर देना होगा। इस बार कोई खिलौना नहीं ले गया था मनमोहन।

वह चुपचाप रोने लगा—पुष्पी के लिए। अपनी छोटी-सी गुड़िया-जैसी बहन पुष्पी को याद कर...।

"यह क्या हो रहा है?" शरबतिया दीदी की गरम-गरम साँस मनमोहन की गर्दन पर पड़ी। उसने सिर उठाकर देखा–शरबतिया दीदी झुककर उसको देख रही है। मनमोहन ने मुँह फेरा तो अपने 'आँचर' से उसकी आँखों को पोंछती हुई बोली, फिसफिसाकर, "मनमोहन भैया! छिः...मत रोओ। सुनो...!"

मनमोहन को लगा, वह धीरे-धीरे छोटा होता जा रहा है। छोटा, छोटा–पुष्पी के बराबर! उसे लगा, वह पुष्पी–शरबतिया माँ है... माँ की गोद में पुष्पी? माँ हौले-हौले पुष्पी को चूमती है–'ना! ना! रानी बिटिया! ना रोये–ओहो-हो–चु...!'

...पुष्पी की आँखों में नींद घुल-मिल रही है।

मनमोहन सो गया तो शरबतिया एकटक उसको देखती रही। फिर खुद बिलख-बिलखकर रो पड़ी।

ग्यारह

जैसा कि प्रियोदा ने पहले ही सोचा था, वही हुआ। अफसरों के लड़के, फ्रीशिप और स्कॉलरशिप पानेवाले लड़के, और मुसलमान लड़के ही स्कूल में हाजिर हुए, लेकिन शहर की एक भी दुकान नहीं खुली दिन-भर। और, गर्ल्स-स्कूल में पूरी हड़ताल रही।

सुबह को प्रियोदा ने मनमोहन से पूछा था, "क्या सोचा तुमने?"

मनमोहन बोला, "इसमें सोचना क्या है! पाँच रुपये महीने वजीफे से क्या आता-जाता है?"

"आता-जाता तो बहुत-कुछ है, लेकिन तुम्हारा 'लोकल गार्जियन' नाराज तो नहीं होगा?"

शरबतिया के बारे में प्रियोदा जानते हैं। एक दिन कह रहे थे कि वह लड़की 'साइमन-गो बैक-शहीद' की विधवा है। साइमन-कमीशन जब पूर्णिया आया था तो 'बायकॉट' का नारा सबसे आगे बढ़कर वही लगा रहा था...यानी उस लड़की (शरबतिया दीदी) का घरवाला।

सारा दिन स्कूल के 'हड़ताली विद्यार्थी' परमान नदी के पास–बालूचर और पुल के पास खेलते-कूदते, नहाते-गाते रहे। दोपहर को पास के गाँव के कई लोगों ने मिलकर चार हाँड़ी दही और कई टोकरे चूड़ा भेजा–प्रियोदा के साथ।

प्रियोदा बोले, "गाँववाले भात भी बनवा रहे हैं।...भोज की व्यवस्था है!"

किसी ने कहा, "आज तो खूब भोज हो रहा है। कल जब नाम

कटेगा तो मालूम होगा।''

एक साथ कई लड़कों ने उस बेचारे को डाँट दिया था, ''क्या 'सड़ी-पची' बात करते हैं। ऐसा डर था तो स्कूल क्यों नहीं गये?''

तीसरे पहर, धू-धू कर पछिया हवा धूल उड़ाती हुई चली। गेहूँ के कटे हुए खेतों में दाने चुनती हुई पतरंगा चिड़िया की जोड़ी रह-रहकर एक लम्बी, किन्तु उदास सीटी बजाती है।...उस पार, परमान के कगार पर मुर्दा लेकर एक दल आया।...मनमोहन ने देखा, चिता की आग धीरे-धीरे लहक उठी। लपलपाने लगी।

सभी भोज खाने की खुशी में हो-हल्ला मचा रहे हैं। हर आधा घंटे के बाद शहर से खबर आती है—ताजा खबर : 'अभी एस.डी.ओ. साहब स्कूल आये थे। अभी एस. पी. साहब और संस्कृत-पंडितजी में 'बतकही' हो गई।...सभी को 'रस्टिकेट' किया जाएगा। पुलिस के सिपाहियों का एक जत्था इधर ही आ रहा है।'

पुलिस के सिपाहियों का नाम सुनकर अधिकांश विद्यार्थी घबराये और भागे। जो रह गये, उन्होंने पेटभर 'कड़ही-भात' खाया।

शाम को लौटते समय सूर्यनारायण ने एक चैती गीत शुरू किया :

'चैत महिनवाँ रामा, चैत महिनवाँ
गांधी बाबा गइले जेहलखनवाँ हो रामा'...

प्रियोदा ने बंगला गीत गाया :

आमार जन्मभूमि—से जे आमार
जन्मभूमि...
एमन देश टि कोथाय खूँजे
पाबे नागो तूमी—ई ई
सकल देशेर सेरा से जे
आमार जन्म भू...मि!!

और सबसे अन्त में मनमोहन का—'राम-रहीम ना जुदा करो भाई...'

पुलिसवालों के डर से भागनेवाले विद्यार्थियों में से बहुतों ने स्कूल पहुँचकर माफी माँग ली। होस्टल के लड़कों को पंडितजी ने जुर्माना किया। किन्तु इससे बात दबी नहीं। स्कूल का प्रेसिडेण्ट स्थानीय एस.डी.ओ., एक अंग्रेज था...मिस्टर लूकस। उसने हेडमास्टर से

कहा—गैरहाजिर लड़के लिखकर माफी माँगें, गैरहाजिरी का उचित कारण दिखलाएँ, तभी उन्हें क्लास में आने की अनुमति दी जाय।

हेडमास्टर साहब विद्वान् बहुत थे। डबल एम. ए. थे। मगर, डरपोक इतने कि एस. डी. ओ. के चपरासी को भी देखकर कुर्सी छोड़कर खड़े होते हैं। उन्होंने सेकेण्ड मास्टर को भी बुलाकर कहा, ''बोलिए, अब क्या करूँ?...आपनार छेले आमार चाकरी खाबे, आमि जानताम ना!...लेकिन, हमारा चाकरी जायेगा तो हम आपका चाकरी के साथ जायेगा, समझा?...अपने कीर्तिमान लड़के से लिखवाकर लाइए कि अब ऐसा कभी नहीं करूँगा। जाइए।''

सेकेण्ड मास्टर साहब बहुत मितभाषी व्यक्ति हैं। दाढ़ी रखते हैं और हमेशा गीता की छोटी-सी प्रति पॉकेट में रखते हैं। उन्होंने जवाब दिया, ''वह मेरा लड़का है तो क्या! मैं उसका 'क्लास-टीचर' नहीं।''

होस्टल-सुपर संस्कृत-पंडितजी ने कहा, ''एक-एक रुपया जुर्माना कर दिया है। और क्या चाहिए?''

तीसरे दिन करीब-करीब हर दर्जे के हड़ताली छात्रों ने लिखकर माफी माँग ली—सात 'शैतानों' के सिवा।

हेडमास्टर साहब ने क्रोध से दाँत पीसते हुए कहा था, ''सातों शैतानों को मैं स्कूल से निकाल-बाहर करूँगा। एक्केबारे रस्टिकेट!''

...शैतानों के सरदार प्रियोदा! और बाकी छह सूर्यनारायण, कृत्यानन्द, इब्राहीम, भोला, अशर्फीलाल और सबसे छोटा मनमोहन!

...हेडमास्टर साहब ने नोटिस निकालकर दर्जे के शिक्षकों और विद्यार्थियों को सूचना दी—पाँचवीं घंटी के बाद सामने मैदान में इन शरारती लड़कों को बेंत लगाए जाएँगे।

...प्रियोदा दौड़े आये थे, मनमोहन के पास। हँसते हुए पूछा था—''क्यों रे! डरेगा तो नहीं? रोने से अच्छा है कि पहले ही माफी माँग ले। कोई बात नहीं। तुमने अन्त तक हम लोगों का साथ दिया। क्लब का नाम नहीं डुबाया, यही क्या कम है?...जा, माफी माँग ले!''

मनमोहन के नथुने फड़क उठे थे अपमान से, ''प्रियोदा, आप मुझ पर विश्वास क्यों नहीं करते?''

''तुम जे एक्केबारे बाच्चा!''

"किन्तु, बाघ का बाच्चा...।"

प्रियोदा प्रसन्न हुए थे, "स्वामीजी की वाणी हमेशा याद रखते हो, देखता हूँ।...बाघेर बच्चा हउ!...लोहे की देह में—फौलाद की शिराएँ... अपने को पहचानो! हे वीर...बोलो, मैं भारतवासी हूँ..."

इसके पहले, मारपीट के जुर्म में अनुशासन-भंग करने के अपराध में कई लड़कों को मैदान में खड़ा करके बेंत लगाये गए हैं, मनमोहन ने नहीं देखा है, कभी।...सुनते हैं, बेंत पड़ने के बाद स्कूल में छुट्टी दे दी जाती है।

कालू ने गुप्त खबर लाकर सुनाई, "बेंत मारने के लिए कोई टीचर तैयार नहीं हुआ तो सिक्स्थ मास्टर अकराम साहब ने बीड़ा उठाया है।"

हेडमास्टर साहब ने इसकी कल्पना भी नहीं की थी कि तमाशा देखने को इतने लोग जुट जाएँगे। विद्यार्थियों से अधिक जमा हो गए शहर के लोग। थोड़ी देर पहले भी वे ऑफिस से बाहर आते तो कोई रास्ता निकाल सकते थे। आज मुल्तवी कर सकते थे। लेकिन अब?...

हेडमास्टर साहब ने सभी शिक्षकों को कड़ा आदेश दिया था कि 'केनिंग' के समय उपस्थित रहें, नहीं तो प्रेसिडेण्ट साहब से शिकायत की जायेगी।

वॉली-बाल के मैदान को घेरकर सभी खड़े थे। हठात्, नीली शेरवानी और लाल तुर्की टोपी पहने, हाथ में बेंत लेकर सिक्स्थ मास्टर अकराम साहब आँखें तरेरते हुए आये। भीड़ में किसी ने दबी जुबान से कहा, "आ गया जल्लाद!"

सातों 'शैतान' अब तक होस्टल के एक कमरे में बैठे हुए थे... प्रियोदा ने पाँच मिनट में 'जलियाँवाला बाग' के मदनगोपाल की कहानी सुनाकर सभी के सर पर 'मदनगोपाल' की आत्मा को सवार करवा दिया था। अन्तिम समय में प्रियोदा ने पूछा, "मोना! तूमि आमार केनिंग देखबे ना?...देखना होगा। तुमने कहा न कि तुम बाघ का बच्चा हो?"

अकराम साहब ने पुकारा, "पियोबत्तो!"

भीड़ के एक व्यक्ति ने कहा, "यह तो बाजाप्ता तमाशा...!"

दल के कप्तान की तरह मुस्कुराते हुए प्रियोदा के मैदान में प्रवेश करने का ढंग हमेशा याद रहेगा, लोगों को। नाटक का मुख्य अभिनेता–शैतानों का नेता अपने दोनों हाथों को पीछे बाँधकर, सीना तानकर खड़ा हुआ। बेंत मारने के पहले अकराम साहब ने पान-जर्दा के साथ कुछ अंग्रेजी अल्फाजों को चबाते हुए जो कुछ कहा, उसका मतलब था, 'यदि फिर ऐसी बदमाशी करोगे तो रस्टिकेट कर दिए जाओगे।...अण्डरस्टैण्ड?...स्टैच्योहैण्ड।'

"...ठीक 'आगा-पारसी थियेट्रिकल कम्पनी' के 'एक्टर' की तरह बोलते हैं।" भीड़ में कोई बोला।

"व-न!"

–सपाक!

"टो-य।"

–सपाक्!

"थ्री-ई"–सपाक्!

"फो-ओ"–सपाक्...!

"सूजानान। सपाक्!! व-न–सपाक्! टो-य–सपाक्–थ्री-ई–सपाक्...!"

मनमोहन ने देखा–सभी शिक्षक सिर झुकाए खड़े हैं। देखनेवाले विद्यार्थियों के चेहरे हर बेंत के साथ बदरंग होते जा रहे हैं। सिर्फ, हेडमास्टर साहब सीधे सूरज की ओर मुँह उठाकर खड़े हैं।...पाँच बेंत हो गए? अब कृत्यानन्द...व-न, टो-य, थ्री-ई, फो-ओ, फाई-ई...!

मनमोहन ने मन-ही-मन सोचा–अकराम साहब इब्राहीम को किस तरह पुकारेंगे? इब्बाहों?...वह हँसा–सचमुच अकराम साहब ने पुकारा–"इब्बाहों"...फाई-ई...भोवा-वा...फाई-ई...असफ्फे व-न, टो-य...फाई-ई...!

"मम्मोन! सपाक्! स्टैच्योहैण्ड!"

मनमोहन मैदान में उतरा और भीड़ में एक हलकी-सी सिहरन दौड़ गई–'आः!'

मनमोहन तब तक अपने दोनों हाथों को दोनों ओर बगल में मोड़कर खड़ा हो चुका था। प्रियोदा चुप नहीं रह सके। बोल पड़े,

"क्यों रे मोना! एक्केबारे स्वामी विवेकानन्देर पोज?"

मनमोहन हँस पड़ा। अकराम साहब ने दाँतों को किटकिटाते कहा, "आई से-ए स्टैच्योहैण्ड!"

दोनों भुजाओं को पूर्ववत् समेटे मनमोहन ने पूछा—"व्हिच हैण्ड सर! लेफ्ट और राइट?"

"शाबाश!"

"सही सवाल!"

सिक्स्थ मास्टर अकराम साहब को मजबूर होकर कहना पड़ा, "राइट!"

मनमोहन ने दाहिने हाथ की तलहत्थी फैला दी।

"व-न!"

सपाक्!

...वन्दे मातरम्!

"टो-य!"

—सपाक्!

—भारतमाता की जय!

"थ्री-ई!"

—सपाक्!

महात्मा गांधी की जय!

"फो-ओ!"

—अरे रे! खून...खून?

महात्मा गांधी की जय! जय!! जय!!!

भीड़ में उत्तेजना की लहर दौड़ गई। न जाने कहाँ से एक तिरंगा झण्डावाला बाबाजी आया और भाषण देने लगा।...जय! जय!!

हेडमास्टर साहब ने अपने हाथ से छुट्टी की घंटी बजाई, मगर भीड़ जमी रही। और जब तक लाल पगड़ीवाले पुलिस के सिपाही न आए, 'जय-जयकार' होता रहा, स्कूल के मैदान में।

...मनमोहन को किसी ने कन्धे पर बिछा लिया। उसकी देह में गुदगुदी लगती है।...डाक्टर बनर्जी का अधपगला कम्पाउण्डर बोतल से दूध-जैसी दवा एक बर्तन में डालकर पट्टी भिंगो रहा है और हँस

रहा है, ''ये सब रोक्तो मिछे नहीं जायेगा।'' अर्थात् ये रक्त बेकार नहीं जाएँगे...।

रात में पट्टी बदलते समय शरबतिया दीदी रो पड़ी थी, ''मोहन, तुम उन लोगों के संग क्यों जाते हो?''

मोहरिल मामा साइकिल से गये हैं, मनमोहन के घर। मामी कह रही थीं, ''भैया! हम लोग ठहरे गरीब आदमी...।''

शरबतिया दीदी मनमोहन के पास बहुत रात तक बैठी रही—गरम पानी की थैली लेकर।...मनमोहन का बुखार कम हो रहा है।

बारह

इस्माइल को मियादी बुखार हो गया है। उसकी सेवा का इन्तजाम किया है। प्रियोदा ने 'किशोर-क्लब' के सदस्यों को सूचना दी।

मनमोहन को लेकर मुश्किल खड़ी हो गई है। उसके बाप और काका आये हैं; बिना खाये-पीये पड़े हैं और मनमोहन प्रियोदा का साथ छोड़ने को तैयार नहीं। वह न तो होस्टल जाएगा और न घर, जिद पर अड़ा हुआ है।

मनमोहन को आते देखकर सूरज ने कहा, "आ रहा है—वीर बालक!"

शहर में मनमोहन का नया नाम मशहूर हो गया है—वीर बालक। बड़े-बूढ़े भी उसको देखकर आदर-भाव दिखलाते हैं। ताराबाबू वकील का मुहर्रिर तो झुककर दोनों हाथ जोड़कर 'प्रणाम' करने लगता है... लगता है, उसकी छोटी-सी काया के अन्दर कोई 'विज्ञ' व्यक्ति छिपकर बैठा हुआ है...हफीज साहब कहने लगे हैं—'लांगी मिर्चा!'

"की रे मोना, बाबा बुझलो—ना तुई बुझली?" किसको...किसने समझाया, प्रियोदा ने पूछा।

"बाबा तो समझ गए। मगर काका जरा देर से समझेंगे। उन्होंने अब यहीं रहने का फैसला किया है। 'लम्बा ठाकुर' के होटल में रहेंगे।" मनमोहन हँसता है।

आज क्लब में दो नये 'अतिथि-सदस्य' आये हैं—विश्वनाथ और हरेन्द्र।...सप्तमहारथी नहीं, अब 'नवरत्न'।

सूर्यनारायण एक छोटे काश्तकार का बेटा है। उसके गाँव में कांग्रेस का शिविर है। उसके बड़े भाई नमक बनाकर जेल गये हैं। बहुत साहसी है। सुन्दर स्वास्थ्य और जरा उग्र स्वभाव! आठवें दर्जे में पढ़ता है।

कृत्यानन्द के पिताजी जिले के प्रसिद्ध पंडित हैं। संस्कृत और फारसी के बेजोड़ विद्वान्। कृत्यानन्द का परिवार बड़ा है। वे छोटे जमींदार हैं।...कृत्यानन्द आर्यसमाजी हो गया है? 10वें का 'फर्स्ट' स्टुडेंट।

इब्राहीम है मुहर्रिर का बेटा। फुटबॉल का अच्छा खिलाड़ी। स्कूल क्या, शहर-भर में अपने शरारती स्वभाव के कारण बदनाम था, मगर प्रियोदा के प्यार ने उसको एकदम बदल दिया है। पढ़ने में 'कुंद-जेहन' है। हर क्लास में दो साल रहता है। सूर्यनारायण के साथ पढ़ता है।

भोला और अशर्फी 9वें दर्जे में पढ़ते हैं। एक ही गाँव के लड़के हैं—एक परिवार के नहीं, किन्तु दोनों की दोस्ती बेजोड़ है। दोनों 'नाटक' के पीछे पागल!

शिवनाथ और हरेन्द्र मनमोहन के साथ पढ़ते हैं। उम्र और ऊँचाई भी समान ही है। दोनों जमींदार के लड़के हैं...'केनिंग' यानी 'बेंत लगने' के दिन से दोनों ने प्रतिज्ञा की है—खादी पहनेंगे और 'किशोर-क्लब' के सदस्य बनेंगे।

इस्माइल की सेवा के लिए कृत्यानन्द, अशर्फी और भोला की ड्यूटी—दिन में। प्रियोदा और इब्राहीम—रात में। मनमोहन सुबह अस्पताल से दवा ला देगा—रोज।

'संन्यासी-आश्रम' से लौटते समय रास्ते में ही काका से भेंट हो गई मनमोहन की।

काका को देखकर मनमोहन हँसा, किन्तु काका नहीं हँसे। बोले, "कहाँ है तुम्हारा प्रियोदा! जरा मैं भी उससे बात करना चाहता हूँ।"

मनमोहन के मुँह से उसके काका के बारे में सुन चुका था प्रियोदा। हँसकर बोला, "क्यों काका, मोना को खोजने आये हैं?"

"मैं आपसे पूछने आया हूँ। सभी से पूछता हूँ कि यह कौन-सा तरीका है? भले घर के लड़कों को फुसलाकर चौपट करने से आप

लोगों को क्या फायदा होता है? बोलिए?''

काका ने एक ही साथ प्रियोदा और बड़े महाराज से पूछा, ''बोलिए, क्या मिलता है आप लोगों को?''

बड़े महाराज मंद-मंद मुस्कुराते ही रहे। प्रियोदा ने जवाब दिया, ''काका! भले घर के इन 'आवारा' लड़कों ने किसका क्या बिगाड़ा है, कह सकते हैं?''

प्रियोदा से बड़े महाराज ने कहा, ''तुम लोग कहाँ जा रहे थे, जाओ। मैं इनसे बातें करता हूँ।''

मनमोहन इस्माइल के घर गया। काका आश्रम में ही रहे। बड़े महाराज ने कहा, ''आइए काका साहेब! हम लोग उधर चलकर बैठें।''

इस्माइल के मुहल्ले में इससे पहले कभी नहीं आया था मनमोहन। गन्दी बस्ती और छोटे-छोटे घर। इस्माइल का बाप चमड़े का कारबार करता है। कच्चे चमड़े का गोदाम है। पहले तो लगा कि दुर्गन्ध से उसका खाया-पीया सब उलट जाएगा।...इस्माइल की बदमाशी की याद आई। क्लास में घुसते ही वह किसी-किसी दिन अपने साथ बैठनेवाले पीताम्बर झा से कहता—'झा! आज मैं 'बड़ा गोश्त' खाकर आया हूँ। 'बड़ा गोश्त' नहीं समझे...?' अथवा किसी दिन इस बात का झगड़ा शुरू कर देता कि हिन्दू लोग 'पत्थर' को क्यों पूजते हैं।

लेकिन बिछावन से सटा हुआ इस्माइल कोई दूसरा इस्माइल है। मनमोहन को लगा—वह खुद बीमार होकर इस गन्दे कमरे में पड़ा हुआ है।

इस्माइल की आँखें खुलीं। मनमोहन ने कहा—''ईशू! कैसा जी है?...बहुत जल्दी आराम हो जाएगा।''

मनमोहन ने अस्पताल से दवा लाकर इस्माइल की माँ को दी, ''कच्चे नारियल का पानी पीने को कहा है, डॉक्टर साहब ने।''

डेरे पर लौटकर मनमोहन ने देखा, उसके काका प्रसन्नचित्त बैठे हैं। बोले, ''आज खाना-पीना नहीं होगा क्या? एतवार के दिन भी आराम नहीं करोगे जरा?''

शरबतिया को देखकर लगा, वह खूब रोई है। शायद मामी ने आज गालियाँ दी हैं। मटरू भी रोया है।

किन्तु काका का बदला हुआ मन देखकर उसको अचरज हआ। उसने पूछा, "बड़े महाराज को देखा?"

काका चुप रहे। फिर बोले, "देखा। साधु-संन्यासियों की क्या बात! कोई मन्तर 'पढ़कर' मन फेर देते हैं।"

"तुम्हारा मन फिरा या नहीं?"

"मुनीजी! वहाँ तो ऐसा लगा कि जो कुछ महाराज कहते हैं, ठीक ही कहते हैं। लेकिन तुमको देखते हैं तो लगता है..."

"काका, एक बात मानोगे? घर जाकर तीन-चार नारियल ले आओ न–कच्चा नारियल।"

"कच्चा नारियल क्या होगा? आश्रम में 'दाढ़ीवाले बाबा' की मूर्ति को कच्चा नारियल ही चढ़ाते हैं क्या?...ई बंगाली साधू-संन्यासी लोग भी खूब होते हैं।"

"नहीं काका, मेरा एक साथी बीमार है। डॉक्टर ने कहा है, और यहाँ मिलता नहीं।"

"कौन साथी?"

"इस्माइल।"

"यह तो मुसलमानी नाम है?"

"है दोस्त का ही नाम।"

मनमोहन के काका ने उसकी ओर गौर से देखा। मनमोहन ने देखा, काका कमीज पहनकर बिना कुछ बोले तैयार हो गए, "चार से काम चल जायगा?"

"हाँ, काका! और यह गुड़िया पुष्पी के लिए ले जाओ।"

"इस सबमें फालतू क्यों खर्चा करता है रे? कितना दाम दिया?"

"खरीदा नहीं है। प्रियोदा की दीदी ने दिया है–हाथ से बनाकर।"

"प्रियोदा की दीदी!...हमारी पुष्पी को उसने कहाँ देखा?"

"पुष्पी को नहीं। पुष्पी के भैया को तो देखा है।"

काका ने कहा, "सचमुच तू 'लीलधरिया' है रे। 'लीला' पसारता रहता है।"

शरबतिया ने सूचना दी कि मामा और मामी ने सुबह से कुछ खाया-पीया नहीं है। शायद दारोगा साहब ने धमकी दी है।

"कैसी धमकी?"

मामी आई, काँखती-कराहती हुई बोली, "भैया! हम लोगों को माफ करो। गरीब आदमी ठहरे। कहीं कुछ हो जाएगा तो...।"

मनमोहन खा नहीं सका।

शरबतिया दीदी बोली, "खा लेने देती तो जो कहना था, कहती...।"

मामी ने एक भद्दी गाली दी शरबतिया को।

मामा आए। बोले, "बाबू! हमने तो तुमको 'निबोलिया' बच्चा समझा था। मैंने तुम्हारे बाबू को चिट्ठी लिख दी है। कहीं और रहने का इन्तजाम कर लो। जगह की तुमको क्या कमी!"

मनमोहन ने देखा, मामा आज दिन में ही झोली में बोतल लेकर लौटे हैं।

मामा ने आँगन के अन्दर से कहा–"शरबतिया, तू वहाँ क्या कर रही है? अन्दर आ। जरा मछली भून दे।"

मनमोहन किताब लेकर पढ़ने बैठा। मटरू आया, हाथ में भुनी हुई मछली लेकर। मुँह चिढ़ाकर बोला, "हम दारू पिया है अभी।"

मटरू ने शायद दारू के नशे में कह दिया, "अब तुम्हारा सीट फिर बाहर में लगेगा। समझे मोहन भैया! बाबूजी कहते हैं कि तुम बदमाश हो, तुम्हारे साथ में दीदी भी बदमाश हो गई है। रात में तुम्हारे पास सो जाती है।"

मनमोहन को लगा, मटरू ने उसको एक भद्दी गाली दे दी। इस मुहल्ले में लोग दिन-रात भद्दी गालियाँ बकते हैं–औरत, मर्द, बच्चे सभी। मामी जब शरबतिया को गाली देने लगती है, तो मनमोहन कान में उँगलियाँ डाल लेता है।

शाम को काका आए। नारियल ही नहीं, चावल-दाल-दही, मिठाई की बोरियाँ-हाँड़ियाँ लेकर।

मनमोहन ने कहा, "काका! यह सब क्यों ले आए?...अब यहाँ नहीं रहने देंगे।"

"कौन नहीं रहने देगा? मोहरिलजी?...अरे, भैया को चिट्ठी दिया था कि चावल-दाल के अलावा दस रुपये महीना भी चाहिए। सो भैया

ने जवाब दे दिया है—रुपया-पैसा की कोई चिन्ता नहीं...।"

अचरज की बात! बाबूजी की चिट्ठी पढ़ते ही मामा एकदम बदल गए। बोले, "अरे, रुपये-पैसे की क्या बात है, छोटके पाहुन! असल में हमको लोगों ने डरा दिया कि दारोगा साहब मोहन का नाम लिखकर ले गए हैं। सो जब उन्होंने लिखा है तो अब जो हो, लेकिन आप बबुआ को समझा दीजिए कि 'हड़ताल-उड़ताल' न करे।"

काका ने कहा, "मैं आखिर यहाँ किसलिए हूँ 'बोरिया-बधना' लेकर?"

काका ने कहा, "नई हाँड़ी में दही महाराजजी का है। नये कपड़े में चूड़ा है, वह भी महाराजजी के लिए है। लाइए, मैं पहुँचा आता हूँ।"

मनमोहन मुस्कराने लगा।...महाराजजी का 'मन्तर' काम कर रहा है!

मामी ने बहुत रोका कि भोजन यहीं कर लें। काका बोले, "उधर 'लम्बा ठाकुर' हाजिरी भर देगा बेकार। मैं सुबह आऊँगा।"

...काका क्यों घर-बार छोड़कर यहाँ पड़े हुए हैं? शरबतिया दीदी इस तरह क्यों देख रही है? मटरू ने फिर दारू पीया है या यों ही खुश है! काका से यह पूछना भूल ही गया कि पुष्पी गुड़िया पाकर खुशी से नाचने लगी थी क्या? पुष्पी 'भैया' को अब भी खोजती है क्या?

आज प्रियोदा ने 'खुदीराम' की कहानी सुनाई। 'खुदीराम' का अन्तिम गीत :

'माँ, विदाय दाउ फिरे आसी।
—फिरे आसी! फिरे आसी!!'

तेरह

"भगवान! मेरी अरज सुनो...तुमने कहा, यह मेरा लड़का। मैंने कहा, मैं इसकी 'धाई' हूँ। बोलो, मैंने इसके बाद कभी कहा कि यह बेटा मेरा है? अपने इकलौते बेटे को 'सतबेटा' समझती हूँ—आह! ऐसा न करो बाबाजी...! बाबाजी, पैर पड़ती हूँ। मैं मर जाऊँगी—लेकिन यह बच्चा...?"

मनमोहन की माँ हड़बड़ाकर उठी।...फिर वही सपना!

मनमोहन की माँ ने देखा, वही भयंकर आकृति फिर आयी है, झोली में एक छोटा-सा बच्चा ले आयी है और कहती है—"ले, यह रहा तुम्हारा बेटा! मेरे बेटे का लालच मत करना कभी!"

...मेरा बेटा!

जगिया चमाइन ने 'सौर-घर' से निकलकर हँसते हुए कहा, "लाइए एक जोड़ी, मालिक, बेटा हुआ है।"

मनमोहन के काका गाँव की सीमा के बाहर ही थे कि हलवाहे ने सूचना दी। आँगन से आकर उन्होंने कहा, "एक मुनीजी तो वहाँ पढ़ने के बदले 'हड़ताल' करता है, अब दूसरे मुनीजी आये हैं!...यह हलवाही करेगा।"

मनमोहन के काका ने अपने बड़े भाई को सुनाया, "भैया, एक बात कहूँ?...मुनीजी जो भी करता है, करने दीजिए। समझ लीजिए कि कोई 'अवतारी आदमी' रास्ता भूलकर हम लोगों के घर में आ गया है।...संन्यासी-आश्रम के बड़े महाराज को शहर-भर के हाकिम-हुक्काम,

अफसर, मास्टर, वकील, मुख्तार पैर छूकर प्रणाम करते हैं। प्रतापी महात्मा हैं। सो बड़े महाराज भी कह रहे थे कि यह लड़का आप लोगों का नहीं।''

मनमोहन के बाबूजी बोले, ''जिद्दी है!''

''जिद्दी है तो क्या? सच्ची बात के लिए जिद्द पकड़ता है। एक बात सुनिएगा? अब तो 'आश्रम' में जाकर आँख-साँस मूँदकर 'योगाभ्यास' भी सीखने लगा है।...हाँ, मैं अभी की गाड़ी से ही वापस जाऊँगा।''

मनमोहन के बाबूजी ने कहा, ''और, तू क्यों घर छोड़कर शहर अगोरकर बैठा है?''

गाँव छोड़ने के पहले मनमोहन के काका ने एक रैयत से दस रुपए वसूल कर लिये और कहा, ''भैया को अभी मत कहना।''

टमटम से उतरकर मनमोहन सीधे राखालबाबू की दुकान में गया; खादी की धोती खरीदी; खादी का कुर्ता सिलाने को दिया।

लम्बा ठाकुर के होटल में पहुँचकर एक खुशखबरी और सुनने को मिली—मनमोहन को छमाही परीक्षा में 'डबल परमोशन' मिला है!...छह महीने में ही एक क्लास पास! अब कौन कह सकता है कि मुनीजी पढ़ने के बदले 'हड़ताल' करता है?

काका मोहरिल के डेरे पर पहुँचे। मटरू ने पूछा, ''दही-मछली नहीं लाये? मोहन भैया ने 'डबल पास' किया है।''

शरबतिया बोली, ''मोहन तो भगवान के घर से ही सब कुछ पढ़कर आया है, लगता है।''

शरबतिया की माँ बेहद खुश थी। कहने लगी, ''छोटके पाहुन, मटरू के बाबू भी बचपन में ऐसे ही तेज थे पढ़ने में। एक साल में तीन पास करते थे। सो कह रहे थे कि हमारे घर के 'भात-पानी' का इज्जत रख लिया—बबुआ ने।''

काका ने हँसकर कहा, ''और, वहाँ एक 'गुनीजी' आ गए हैं।''

''वाह! तब तो सब जगह 'डबल'...।''

सभी हँसे। मटरू भी बिना कुछ समझे हँसा और पूछने लगा, ''भैया, कौन गुनीजी?''

''मोहन भैया को भाई हुआ है। समझे?''

"भैया, मेरा भाई कब होगा?"

इस बार सिर्फ काका ठहाका लगाकर हँसे। शरबतिया आँगन में भागी और उसकी माँ आँचल में मुँह छिपाकर हँसने लगी।

बाहर सड़क पर शोरगुल सुनाई पड़ा।

...जय! जय!!

'आओ वीरो, मरद बनो, अब जेहल तुम्हें भरना होगा...सत्याग्रह के समरक्षेत्र में आ-आकर डटना होगा।...शूर लड़ाके मर्दाने हो, पैर हटाना कभी नहीं—मरते-मरते माता का अब करज अदा करना होगा।...महात्मा गांधी की—जै! कौमी नारा—वन्दे मातरम्! कौमी नारा...'

लाल पगड़ीवाले दो बन्दूकधारी पुलिसवाले दोनों ओर, बीच में एक 'नाटा-भूटा' आदमी घुटने तक धोती और गले में फूलमालाओं के गुच्छे, सिर पर टोपी, कन्धे पर झंडा, हाथ में हथकड़ी, कमर में रस्सा, कपाल पर तिलक, पीछे-पीछे सैकड़ों लोग। एक आदमी गीत गाता है, सभी दुहराते हैं। दूसरा आदमी बीच-बीच में नारा लगाता है—कौमी नारा!

बाकी लोग दुहराते हैं—वन्दे मातरम्!

'सुनहु-सुनहु भैया—गांधीजी के बतिया...।'

मनमोहन के काका ने गला को पहचान लिया—"यह तो मुनीजी का गला है।"

शरबतिया बोली, "हाँ, मोहन भैया ही है।"

जुलूस करीब आया।

'देशवा के करहु आजाद
भारवासियो—यो-यो-यो!
देशवा के खातिर मजहरुल हक
भइले फकीरवा से—
दीन भइले राजेन्द्र प्रसाद
भारतवासियो-यो-यो-यो...!'

मनमोहन के काका भी जुलूस में शामिल हो गए। लोग गीत गाते, नारे लगाते, झंडा उड़ाते थाने के पास पहुँचे। थानेदार ने लिखा-पढ़ी की। भीड़ बाहर अड़ी रही। थाने के बाद जेल के फाटक तक फिर जुलूस!

जेल का बड़ा फाटक 'ढनढना' कर खुला। संगीनधारी सिपाहियों ने भीड़ को सड़क पर ही रोक दिया। फाटक खुला–'सत्याग्रहीजी' सभी को हाथ जोड़कर नमस्कार करते हुए अन्दर चले गए।

तब मनमोहन के साथ सूर्यनारायण और विश्वनाथ ने नया गीत शुरू किया :

'नमो जेल देवी नमो माँ स्वतन्त्रे...
तेरी ही गोदी में श्रीकृष्ण जन्मे
तुम्हारे ही आँगन में गांधीजी खेले
तुम्हीं ने तिलक को दुलारा-सँवारा
नमो जेल देवी...
...कौमी नारा–वन्दे मातरम्!'

दारू की दुकान पर रोज धरना देने के लिए एक वालंटियर जाता है और उसके साथ ही तमाशबीन जमा हो जाते हैं। फिर पुलिस के सिपाही आते हैं। एक सिपाही आगे बढ़कर सत्याग्रही स्वयंसेवक से कहता है–"यहाँ से हट जाइए। आप कानून तोड़ रहे हैं।"

"जान रहते नहीं हटूँगा यहाँ से। मैं अंग्रेजी सरकार का कानून नहीं मानता।"

"हम आपको गिरफ्तार करते हैं।"

और, इसके बाद भीड़ में कोई जोर से नारा लगाता है–'महात्मा गांधी की जय!'

रोज यही होता है। ठीक साढ़े चार बजे दिन में सत्याग्रही-शिविर से धरना देनेवाला स्वयंसेवक निकलता है। स्कूल की छुट्टी हुई और लड़के तमाशा देखने पहुँच जाते हैं!

मनमोहन के काका ने उस साँझ को मनमोहन से पूछा, "मुनीजी,

तुम्हारा भी मन जेल जाने को करता है?"

"करता तो है, मगर बड़े महाराज कहते हैं कि अभी तुम लोगों का समय नहीं आया। अभी पढ़ो-लिखो, देह और मन को मजबूत बनाओ।...तुम तो आजकल बड़े महाराज से खूब हँस-हँसकर बोलते-बतियाते हो! क्या-क्या बातें होती हैं?"

"अरे यह सब सुनकर तू क्या करेगा?"

रात में बहुत देर तक काका मनमोहन के पास बैठे रहे। शरबतिया ने कहा, "आज यहीं भात बना है आपका। होटलवाले को माँ ने खबर भेज दी है—हाजिरी नहीं भरेगा।"

काका खा-पीकर जाने लगे तो बोले, "मुनीजी, गर्मी की छुट्टी तो पाँच दिन के बाद ही हो जाएगी। छुट्टी में घर जाएगा या यहीं रहेगा?"

"घर जाऊँगा।"

"ठीक है।"

—कौमी नारा!

—यह क्या है! मनमोहन ने 'कलाली' के पास पहुँचकर देखा—काका 'पिकेटिंग' कर रहे हैं। प्रियोदा बोले, "मैं जानता था। काका किसी दिन नाम लिखाकर चले जाएँगे।"

मनमोहन कुछ देर तक मूढ़ हो गया। वह क्या करे? हँसे, या रोये?...पुलिस के सिपाही आये। काका गिरफ्तार हुए। उन्होंने नजर दौड़ाकर खोजना शुरू किया और मनमोहन पर नजर पड़ते ही हँस पड़े, "मुनीजी—यह देख!"

काका ने हाथ की हथकड़ी दिखाकर कहा, "अब तो खुश हो?"

खुशी के आँसू झर पड़े मनमोहन की आँखों से! उसके कंठ से अपने-आप यह नया गीत निकल पड़ा :

"खुश हो, खुश हो नौजवानो
मौत का पैगाम है... ।"
...भारतमाता की जय!... नमो जेल देवी!!

चौदह

'किशोर-क्लब' का सालाना जलसा गर्मियों की छुट्टी के पहले हर साल होता है। प्रियोदा इस बार मैट्रिक की परीक्षा देंगे, इसलिए नए 'संचालक' का चुनाव होगा। पाँच साल तक प्रियोदा ने क्लब का संचालन सुचारु रूप से किया है।

प्रियोदा ने अपने संक्षिप्त भाषण में अपने सहयोगियों और सदस्यों से कहा, "मुझे विश्वास है कि इन 'नवरत्नों' में से कोई भी सदस्य 'क्लब' का संचालन अच्छी तरह कर सकता है।"

सूर्यनारायण ने प्रस्ताव किया, "मैं प्रस्ताव करता हूँ कि मनमोहन क्लब का संचालक चुना जाय।"

शिवनाथ ने समर्थन किया और कृत्यानन्द ने अनुमोदन। बड़े महाराज ने अपने हाथ से 'रोरी' का टीका लगा दिया, मन्त्र पढ़कर।

मनमोहन को लगा—कोई उसकी देह में आकर बैठ गया।...एक नई शक्ति समा गई आत्मा में।

उसने झुककर बड़े महाराज की चरण-धूलि ली। सभी आपस में गले मिले। इब्राहीम ने तुरत तुकबन्दी कर ली :

"सबसे छोटा वीर-बहादुर
प्यारा साथी मोना,
मिट्टी को भी छू दे तो
हो जाएगी—सोना... ।"

काका को छह महीने की सजा सुना दी गई। एक रविवार को प्रियोदा के साथ मनमोहन अपने काका से मिलने के लिए जेल-गेट पर गया। प्रियोदा ने दर्खास्त देकर मुलाकात करने का हुक्म ले लिया था। नियम है, कैदी को फाटक पर लाया जाता है और मुलाकाती को फाटक के बाहर ही पाँच गज दूर खड़ा होकर बातें करनी पड़ती हैं—जोर-जोर से। पाँच मिनट की मुलाकात कुशल-समाचार पूछने और एक-दूसरे को देखने में तुरत खत्म हो जाती है।

किन्तु प्रियोदा को देखकर जेलर और डॉक्टर साहब दोनों ने अचरज से कहा, "तू यहाँ?"

"एखाने केन रे?" डॉक्टर साहब ने पूछा।

"देखा कोर्ते।"

"किसके साथ?"

"यह मेरा मित्र मनमोहन है, यह अपने काका से मिलने आया है। यह रही दर्खास्त...।"

जेलर साहब ने दर्खास्त पढ़कर कहा, "सुपरिंटेन्डेन्ट साहब के डेरे पर गए थे?"

"जी।"

डॉक्टर साहब ने हँसकर कहा, "जेलर साहब, होशियार रहिएगा।...उई जो आप एक दिन एक दोहा बोला था—जहँ संतन को चरन...।"

जेलर साहब ने हँसते हुए आवृत्ति की—"जहँ-जहँ चरन पड़े संतन के तहँ-तहँ बंटाढार।"

प्रियोदा ने कहा, "निश्चय किसी 'असंत' की रचना है यह।"

सभी हँसे। तब डॉक्टर साहब ने कहा—"अरे, जेलर साहब, प्रियो जब आया है, तो फाटक पर काहे, दोनों को भीतर जाने दीजिए—जरा पहले से देख-सुन लेगा सब कुछ।...और इस पिद्दी...तुम्हारा क्या नाम बोला...मनमोहन...इसको कम मत समझिए।...'केनिंग' के दिन यही 'छोकरा' नाटक किया था।...अकराम साहब का 'ब्लड-प्रेसर' सात दिन तक 'एक्केबारे' हाई था और सपना में देखता था कि ये ही 'लड़का' को वह खून कर दिया है और सब कोई उसको पकड़ने को

दौड़ा है।"

एक वार्डर को बुलाकर जेलर साहब ने कहा, "दोनों बाबू को अन्दर ले जाओ, ठिकाने से सब-कुछ दिखला देना। और इसके चाचा से बातचीत...अरे तलाशी-उलासी क्या लेना...क्यों प्रियो, पॉकेट में 'बोमा-टोमा' तो नहीं?...तुम लोगों का क्या ठीक, बाबू।"

मनमोहन को देखकर काका अवाक् रहे कुछ क्षण। फिर दौड़े हुए आए, "कैसे आए?...तुम लोगों ने भी पिकेटिंग कर दिया?...तो मैंने क्यों...?"

उस दिन एकादशी थी। सुराजी कैदियों के लिए 'फलाहार' का प्रबन्ध था–उबला हुआ सकरकंद, केला, पपीता और गुड़।

काका ने जब सुना कि दोनों मुलाकात करने आए हैं तो हँस पड़े। दोनों को अपने वार्ड में ले गये। सभी से परिचय करवाया–"देखिए, यही है मेरा भतीजा और यह प्रियोदा, जिसके बारे में कहता था।... और देख मुनीजी–यही हैं तिवारीजी।"

दोनों ने प्रणाम किया। बाकी सुराजी लोग दोनों को पहचानते हैं। सभी को–विलायती कपड़े की दुकान और शराब की दुकान से जेल-गेट तक गीत गाकर पहुँचानेवालों को वे नहीं पहचानेंगे भला!

एक ने कहा, "आप लोग पढ़-लिखकर क्या कीजिएगा? छोड़िए इस्कूल-फिस्कूल...।"

"चले आइए।"

तिवारीजी किन्तु कुछ नहीं बोले। एक चश्माधारी नौजवान ने सुराजी से कहा, "आप लोग 'बानर-सेना' में क्यों नहीं भर्ती हो जाते?"

प्रियोदा ने कहा, "हम पढ़ाई छोड़ने के मत में नहीं। पढ़ाई बहुत जरूरी है।...कोई 'राष्ट्रीय स्कूल' होता तो हम जरूर यहाँ से नाम कटाकर चले जाते।"

तिवारीजी ने कहा, "तुम ठीक कहते हो।...नेशनल स्कूल एक खुला था, लेकिन सरकार चलने नहीं देती।...कांग्रेस-दफ्तर के साथ स्कूल पर भी जप्ती लगा देते हैं।"

सुराजियों के आग्रह पर मनमोहन ने 'खुश हो, खुश हो नौजवानो'

गीत गाकर सुनाया। काका ने पीतल की थाली में फल लाकर दिया, ''जब जेल के अन्दर आ ही गए हो तो जेल का 'फल' तो चखते जाओ।''

तिवारीजी हँसोड़ स्वभाव के हैं। बोले, ''देखो, नमक और पानी मत देना।''

काका ने दाढ़ी बढ़ा ली है। मनमोहन ने देखा—काका के कम्बल पर 'इंगलिश-टीचर' किताब की एक प्रति पड़ी हुई है। उसने पूछा, ''पढ़ते हो?''

''बैठे-बैठे क्या करेंगे! चरखा कातते हैं, मन नहीं लगता है तो किताब पढ़ते हैं। 'उर्दू-शिक्षक' भी मँगवा ली है।...यहाँ एक होमियोपैथी के डॉक्टर भी पिकेटिंग करने आये हैं। उनसे, 'मेटेरिया मेडिका' माने डॉक्टरी पढ़ता हूँ।...सुबह से आसन भी शुरू कर दिया है।'' काका ने बताया।

प्रियोदा और मनमोहन ने एक ही साथ कहा, ''बहुत अच्छा करते हो काका...बहुत अच्छा।''

प्रियोदा ने कहा, ''रामचरितमानस माने रामायण मैं आज ही भेज दूँगा।''

काका ने पूछा, ''क्यों रे मुनीजी, भैया तो मुझसे नाराज होंगे?''

''तुम्हीं से नहीं, मुझ पर भी बहुत नाराज हैं—बड़े महाराज के कहने का उन पर कोई असर नहीं पड़ा और मुझसे बार-बार कहते रहे—'नाम कटवाकर घर चल—बाप ने मारी मेढकी, बेटा तीरंदाज'।''

काका हँसते हैं, ''नहीं रे, भैया कब तक हम लोगों से नाराज रहेंगे!—उनका दिल एकदम साफ है।''

मनमोहन बोला, ''ताराबाबू वकील ने उससे कहा कि प्रियोदा 'आवारा' नहीं और उनके 'क्लब' का कोई काम ऐसा नहीं कि पुलिस पीछे पड़े; थोड़ा 'हल्ला-गुल्ला' करता है, खादी पहनता है, तकली चलाता है, 'सुदेशी-गीत' गाता है तो क्या बेजा करता है...? यह तो आजकल की 'हवा' है।''

प्रियोदा ने कहा, ''और, खत्री साहेब के घर पर...काका! क्या हुआ, जानते हैं? बाबूजी बहुत देर तक वहाँ भी मोना के बारे में

'रो-गा' रहे थे। हम दोनों रोबी से मिलने गए तो देखा, वे रोबी के मामा माने खत्री साहेब के चेम्बर में बैठे हैं। मोना लौटना चाहता था कि खत्री साहेब की नजर पड़ गई। पुकारा–'कौन है मोना? रोबी अंदर में है, अंदर ही चला जा।' तब तक बाबूजी ने भी देखा। बोले–'क्या है?'...खत्री साहेब ने पूछा–'आप मोना को पहचानते हैं?' अरे, जब बाबूजी बोले कि यही है उनका बदमाश बेटा मनमोहन, तो खत्री साहेब ने पाँच बार एक ही सवाल किया–'यह आपका लड़का है? यही आपका...मोना ही आपका बेटा है? अरे?...इसको आप बदमाश कहते हैं?'...मोना ने इधर-उधर देखकर लगाई दौड़...आँगन की ओर। मैं तो पहले ही पिछले दरवाजे से...।''

प्रियोदा ने कहा, ''बाबूजी इस बार खुश होकर गए हैं।''

वार्डर ने सिर खुजलाते हुए कहा, ''अब चलिए। बड़े साहब के आने का समय हो गया।''

मनमोहन ने चलते समय पूछा, ''खाने-पीने के लिए कुछ भेज दूँ?''

काका ने कहा, ''मोना रे! छह महीने का 'सुयोग' मिला है। इतने दिन तक यदि 'जीभ' पर भी लगाम न लगा सका तो फिर सत्याग्रहियों में नाम लिखाने से क्या फायदा हुआ...'जोगाड़ी' लोग 'सुराजी वार्ड' में भी हैं। बाहर से चीजें मँगवाकर खाते हैं। लेकिन तिवारीजी, गांगुलीजी, गोकुल बाबू ऐसी चीज छूते भी नहीं।...मैं उन्हीं लोगों के वार्ड में हूँ। गांगुलीजी की भागलपुर बदली हो गई। नहीं तो देखते अभी...।''

फाटक के पास काका को याद आई–''हाँ...'गुनीजी' का क्या नाम रखा गया है?''

मनमोहन ने कहा–''और क्या? तुमने नाम रख ही दिया है–गुनीजी। सभी गुनीजी कहते हैं।...क्यों, कोई नाम रखे हो क्या?''

''हाँ, गांगुलीजी से मैंने कहा कि एक बढ़िया-सा नाम दीजिए।...मैंने तुम्हारे बारे में सब कुछ बता दिया था उनको। और उन्होंने प्रियोदा के बारे में खूब सुन रखा है।...बोला कि मनमोहन के छोटे भाई को 'जनमोहन' कहिए। मैंने समझा कि दिल्लगी कर रहे हैं। लेकिन

उन्होंने कहा, 'बेजोड़ नाम है।''

प्रियोदा बोले, ''सचमुच बेजोड़ नाम है...अब तक नहीं सुना! खूब भालो नाम!''

मनमोहन ने मुस्कुराकर कहा, ''लेकिन तुम उसको 'गुनीजन-मोहन बना दोगे—गुनीजी कहते-कहते।''

''जनमोहन!''

पन्द्रह

गर्मियों की छुट्टी हो गई। अदालत, फौजदारी, रजिस्ट्री-ऑफिस और स्कूल बन्द हो जाने के बाद इस कस्बे की सूरत ही बदल जाती है। चारों ओर सन्नाटा-सा रहता है। न अदालत के चपरासियों की पुकार–'कहाँ फलाना मुदई-हाजिर है–ए-ए-ए!' न स्कूल के मैदान में लड़कों का 'ड्रिल'। सिर्फ ट्रेजरी का संगीनधारी सिपाही, जो हर घड़ी बरामदे पर चहलकदमी करता है और घड़ी देखकर बाहर टँगे 'घड़ीघंट' में लकड़ी के हथौड़े से चोट देता है, गिनकर–'एक! दो! तीन...!'

...रात में उधर होकर कौन जा रहा है अभी? मनमोहन को जिस रात नींद नहीं आती, चुपचाप कान लगाकर रात में होनेवाली आवाजों को सुनता है। दूर गाँव से भौंकते हुए कुत्ते। नदी के उस पार से हवा के झोंके पर लहराती हुई आती है मृदंग और करताल की ध्वनि... बरगद के पेड़ से लटकते हुए चमगादड़ों की कचपचाहट...ठीक, एक-एक घंटे पर बोलनेवाला उल्लू...बालूचर पर कोई चिड़िया बोलती है या कोई बच्चा रो रहा है...रात में ट्रेजरी के सामनेवाली सड़क से गुजरनेवाले से सिपाही दूर से गरजकर पूछता है–'हाल्ट! हुकुमदार...!'

मनमोहन ने भोर में सपना देखा–एक आदमी को फाँसी दी जा रही है।...काला भूत...एक 'चंडाल' लाल-लाल आँखें निकालकर देखता है...अरे? यह तो प्रियोदा हैं...प्रियोदा को क्यों फाँसी...गांधी महात्मा की जय!...जय!!

मनमोहन जगा। लेकिन जय-जयकार सचमुच हो रहा है।...कहीं

से कोई गिरफ्तार होकर आया क्या? मनमोहन को किसी ने पुकारा शायद। वह हड़बड़ाकर बाहर आया। कालू के चेहरे पर आतंक स्पष्ट अंकित देखकर उसने पूछा, ''क्यों कालू, क्या बात है?''

''अरे, यतीन–बाधा-यतीन मर गए! अनशन करके मर गए।'' मनमोहन ने बड़े महाराज से 'बाधा-यतीन' के बारे में बहुत सुना है। जिस दिन से अनशन कर रहे थे, उसी दिन से महाराज कह रहे थे, ''मार डालेगा इसको। जरूर मार डालेगा।''

''बासठ दिनों का अनशन!''

''सुने छिस?–सुना मोला?'' प्रियोदा आए।

मोना की आँखें छलछलाईं। प्रियोदा ने कहा, ''रोता क्यों है? रोता क्यों है? बात रोने की नहीं, हँसने की है। अब देरी नहीं। स्वराज्य करीब आ रहा है–धीरे-धीरे।–और भी मरेंगे। मारे जाएँगे–अभी तू घर चला जा, मोना!''

''तुम नहीं चलोगे?''

''आम पक जाएँ, तब एक दिन आऊँगा। 'आसन' वगैरह छोड़ना मत।''

मोना दोपहर की गाड़ी से गाँव लौटा।

–आम के बागों में 'मड़ैया' के पास लोग बैठे हैं। शुरू जेठ में पकनेवाले आमों का रंग बदल गया है। रात में पानी पड़ा है। जोते हुए खेतों से सोंधी महक आ रही है। बाँस के वन में पछिया हवा साँय-साँय कर रही है। पाट के खेतों में 'कमौनी' करते हुए मजदूर मिल-जुलकर 'लगनी' गीत गा रहे हैं–करुण, उदास गीत :

'कौन बने भींगे राम रे रामचनर कि
कौन बने भींगे लखन-भा-य-य-य
कौन बने भींगे राम रे सीया सुकुमारी
भइया के मन कल-पा-य-य–!'
...मनमोहन!...गुनीजी!...लखन भाय! पुष्पी!

दो-तीन दिन तक मनमोहन गाँव-घर, खेत-मैदान, बाग-बगीचे में

खोया रहा। प्रियोदा की याद नहीं आई, सो बात नहीं। बड़े महाराज के लिए आम ले जाने की बात भी वह नहीं भूला है।...गाँव आते ही, लगता है, माया, ममता, मोह, स्नेह, प्यार, दुलार लेकर धरती माँ दौड़ी आती है और उसे छाती से लगा लेती है। मनमोहन कई दिन तक बेसुध पड़ा रहता है।

इस बार दस दिन के बाद ही जी उचाट हो गया है। काका नहीं हैं।...काका को जेठवा आम कितना पसंद था! एक-दो टोकरी आम काका को पहुँचा आना होगा।

मनमोहन के बाबू अब निश्चिन्त हैं। बड़े-बड़े वकील-मुख्तारों की बात का नहीं, असल में बड़े महाराज की बात का ही असर हुआ है। मनमोहन प्रसन्न हुआ। बाबा ने कहा, ''बड़े महाराज जो कहें, वही करना। वह बुरा रास्ता क्यों बतलाएँगे?...तुम्हारे काका के बिना कोई काम यहाँ पड़ा तो नहीं है। वह यहाँ करता ही क्या था! दिनभर दस दरवाजे से उस चौपाल में बेकार बेबात की बातों में समय बरबाद करता था।–जेल में तेवारीजी वगैरह के 'संगत' में आदमी बन जाएगा।''

शहर आते समय मनमोहन ने अपने नन्हे भाई को गोद में लिया–गोल-गोल आँखें फाड़कर अचरज से देखता है–''अरे, यह हँसता है! देख पुष्पी, यह हँसता...क्यों गुनीजी? काका को क्या 'संवाद' दूँगा, बोलो? अरे, हँसता है!''

पुष्पी ईर्ष्या से बोली–''यह बिछावन में पेशाब करता है। तुम्हारी गोदी में भी कर देगा।...इसे गोदी से उतार दो।''

मनमोहन ने माँ की ओर देखा।...पुष्पी के जन्म के बाद भी मनमोहन को बड़ी लाज लगती थी–माँ के सामने–इस बार तो माँ भी लजाती है।...माँ ने जलपान के लिए पाँच रुपये देकर पूछा था, ''तुम्हारे 'बड़े महाराज' कैसे हैं? दाढ़ी-जटावाले?''

''नहीं। एकदम उलटा। माथा, दाढ़ी-मूँछ सफाचट!...क्यों मौसी?''

''फिर कब लौटेगा? अभी तो छुट्टी बाकी है, बहुत दिन। घर में मन नहीं लगता?''

''नहीं।''

"फिर कब आएगा?"

"जल्दी ही।"

पुष्पी धरती पर लोट-लोटकर जार-बेजार रोती रही, भैया के लिए। मनमोहन बैलगाड़ी पर जा बैठा...दूर तक पुष्पी के रोने की आवाज सुनता रहा–"भैया आवजी! भैया आवजी!!..."

गाड़ी के पीछे-पीछे आते हुए 'कैला' कुत्ते को मनमोहन ने डाँटकर कहा–"जा घर! घर जा!...भाग!"

कैला कुत्ता खड़ा होकर मुँह से जीभ बाहर निकालकर हाँफता हुआ अचरज से कान खड़े कर देखता रहा। फिर पिछले दोनों पाँवों पर बैठ गया...।

सोलह

"हफीज साहब का माथा खराब हो गया!"

डेरे पर पहुँचते ही मनमोहन को शरबतिया दीदी ने कहा, "तुम्हारे कोई मौलवी साहब मास्टरजी पगला गए हैं, सुना है!"

"मौलवी साहेब-मास्टर?"

"अरे, वही हफीज साहब हैं न!"

मामी बोली, "मगज पर 'अंडा-गोश्त' की गरमी चढ़ी होगी, पगलावेगा नहीं?"

रोबी आया। उसने भी कहा, "हाँ, हफीज साहब पागल हो गए।"

मनमोहन प्रियोदा के घर गया। प्रियोदा साइकिल लेकर बाहर निकले, "ले, तू आ गया...मैं आज तुम्हारे गाँव जानेवाला था।...चलो, हफीज साहब को देखने चलोगे?"

"सचमुच पागल हो गए हैं क्या?"

प्रियोदा कभी-कभी कौतुक करते हैं। बँगला-कीर्तन की एक 'कली' पर सुर चढ़ाकर गाते हुए साइकिल में 'पम्प' देने लगे—"सबाय बोले आमाय पागल, आमि सबाय जे पागल बोली...।"

...काली-बाजार के 'गुदड़ी-बाजार' पर भीड़, गोल बाँधकर खड़ी है—इनारे के पास। कोई मदारी, एक लड़के को सुलाकर छाती पर ताबीज रखकर पूछता होगा—'कहाँ गए?' कपड़े से मुँह ढका चित्त सोया लड़का सुर में जवाब देता होगा—'ब-गै-चै-में-एँ-एँ।...' अथवा

रूमाल को कबूतर बनाकर उड़ाता होगा—हो सकता है। दाद-दिनाय की दवा!

"अरे प्रियोदा, यह तो हफीज साहब हैं।"

दोनों साइकिल से उतरे।...चारों ओर भीड़...बीच में इनारे के जगत पर हफीज साहब 'नंग-धड़ंग' केले के पत्तों की घाँघरी पहने खड़े हैं और हाथ नचाकर भाव बतलाकर कह रहे हैं—"हँसो। हँसो। खूब हँसो! एक दिन तुम्हें, तुम्हारी औरतों को केले का पत्ता भी मयस्सर नहीं होगा। नंगे-मादरजात नंगे हो जाओगे।...मैंने तो फिर भी अंदर लँगोटी पहन रखी है।—पागलो! चर्खा कातो, कपास उपजाओ इसी बात पर...इस नाचीज बंदे हफीजसाह-सुथरा ने फरमाया है...।"

...घनी दाढ़ी-मूँछों में हफीज साहब के चमकते हुए दाँत! ऐसी हँसी पहली बार देख रहा है मनमोहन। हफीज साहब ने अपनी आवाज को तेज करके पूछा, "क्या फरमाया है?" फिर तुरन्त अपनी आवाज को मद्धिम करके शुरू किया :

"मोरा चरखा के ना टूटे तार
चरखवा चालू रहे
मोरा चरखा के ना टूटे तार..."

...अरे-रे—ये तो नाचने लगे, दोनों हाथों से चरखा चलाने का भाव दिखलाकर—कमर लचकाकर!

"...चरखा चलावे गंधी महतमा
थर-थर काँपे सरकार-अँगरेजिया
पटलन करे तैयार—जुलुमियाँ
बनियाँ ब्रिटिश सरकार
चरखवा चालू रहे—मोरा चरखा के
ना-टूटे ना-टूटे ना-टूटे हो—
ओ-ओ-भैया तार-तार-तार
कि बाजे सितार यार
दादिड़दा—दादिड़दा...अरे-ए
कहे साह-सुथरा फकीरा
बन्दा हफीज, जोलहा कबीर

की मैली न होवे चदरिया–
चदरिया-या-या...''

हफीज साहब के भाई और भतीजों ने उन्हें पकड़कर 'टमटम' पर बिठाया। भाई ने डराया, ''दरोगा साहब आ रहे हैं।''

''अरे पागलो, मुझे छोड़ दो।...मैं अभी तार करता हूँ सरोजिनी नायडू को। छोड़ो!'' हफीज साहब चीखते-चिल्लाते रहे। टमटमवाले ने घोड़े को दौड़ाना शुरू कर दिया।

''की रे मोना!...क्या देखा!''

''लोग पागलखाने में भेजना चाहते हैं, लेकिन उनका कहना है जेलखाना ले चलना हो तो ले चलो।''

''एक बात पर ध्यान दिया तुमने प्रियोदा!...पहले हफीज साहब हमेशा महात्मा गांधी को 'मिस्टर गांधी' कहते थे। अब 'गांधी महातमा' कहते हैं।''

मनमोहन का मन फिर उदास हुआ।...पुष्पी की याद आई। प्रियोदा ने एक बढ़िया समाचार सुनाया। संन्यासी-आश्रम में छुट्टी के बाद से एक 'स्टुडेंट्स-होम' खुल रहा है। मद्रास-आश्रम से एक 'महाराज' इसी काम के लिए आये हैं। सब ठीक हो चुका है। अभी सिर्फ पन्द्रह 'सीट' हैं... ।''

''सिर्फ पन्द्रह!''

''कहता है, सिर्फ पन्द्रह! दस लड़के भी मुश्किल से जुट पाएँगे–देखना!''

''क्यों!''

'' 'स्टुडेंट्स-होम' माने 'ब्रह्मचर्याश्रम'–सभी नियम-कानून अपने ही ढंग के–साढ़े तीन बजे भोर में उठना, शौच-स्नान आदि से निवृत्त होकर प्रार्थना, कसरत, आसन, सफाई, बागबानी, भिक्षाटन और विशेष अवसरों पर समाज सेवा।...और भी शर्तें हैं। जैसे 'स्टुडेंट्स-होम' में दाखिल होने के बाद जब तक मैट्रिक पास न कर ले, घर नहीं जा सकते। इसीलिए नीचे दर्जे के कम उम्र के विद्यार्थियों को ही पहला मौका दिया जाएगा। पाँच सीट हैं ऊपर दर्जे के विद्यार्थियों के लिए। लेकिन उसमें भी शर्त है–अविवाहित और सोलह के नीचे उम्र!...तो

बोलो न, कितने लड़के आएँगे?''

'बड़े महाराज' बहुत दिनों से 'स्टुडेंट्स-होम' की बात करते थे।... रिसड़ा; चौबीस परगना और मलयपुर के 'स्टुडेंट्स-होम' के बारे में... मनमोहन का रोम-रोम पुलकित हो गया इस समाचार को सुनकर। उसने कहा, ''घर नहीं जाने देंगे, क्यों!''

प्रियोदा ने पूछा, ''अच्छा, एक बात पूछूँ? बुरा मत मानना।... तुम्हारा 'मोहरिल मामा' तो मुहल्ले का नामी पियक्कड़ है और तुम्हारी 'मोहरिल मामी' मुहल्ले की झगड़ालू। वैसे घर में वैसे लोगों के साथ... माने तुमको 'डिस्टर्बेन्स'...पढ़ने-लिखने में ही नहीं, रहने-सहने में, कोई दिक्कत नहीं होती?''

मनमोहन ने कहा, ''नहीं तो!''

रात में मनमोहन बहुत देर तक प्रियोदा के इस अजूबा सवाल पर सोचता रहा। ऐसा क्यों पूछा प्रियोदा ने?

शरबतिया दीदी आई और किशनभोग आम की तारीफ करने लगी, ''इतना मीठा आम मैंने जिन्दगी में कभी नहीं खाया।...मोहन भैया, तुम्हारे बाग में कोई मोहनभोग आम का पेड़ भी है?''

''नहीं।...लेकिन तुम 'परतीत' नहीं करोगी मेरी बात–चलकर देखना–एक पेड़ बीजू आम का है, जिसका नाम है शरबतिया। आषाढ़ में पकता है। ले आऊँगा। सिर्फ रस होता है–पानी की तरह, शरबत की तरह–कहीं गूदा नहीं। बहुत मीठा।''

शरबतिया दीदी लजाई। तब मनमोहन को लगा, 'बहुत मीठा' कहते समय उसने 'बहुत' पर अधिक जोर दे दिया–'बहुत मीठा!'

मामी ने पुकारा, ''अरी शरबतिया, बाँध इस बाँगड़ को।''

मनमोहन ने सुना, मामी ने एक भद्दी गाली दी शरबतिया दीदी को–मनमोहन का नाम लेकर। मनमोहन के कान गर्म हो गए।

...डिस्टर्बेन्स...दिक्कत? मनमोहन सोचने लगा–प्रियोदा ने क्यों वैसा सवाल किया?...ठीक ही तो! मनमोहन ने कह दिया कि कोई दिक्कत नहीं होती। लेकिन होती है।

...मामा घुघनी-चाट-चटपटी लेकर दारू की बोतल सामने रखकर पीते हैं–घर के अन्दर। मामी भी अन्दर चली जाती हैं। मटरू एक घूँट

पीकर उसके पास चला आता है। हठात् मामी और मामा आपस में लड़ने लगते हैं। शरबतिया आँगन का दरवाजा बन्द कर देती है। मटरू ओसारे पर 'उलटबाजी' उलटता-पलटता सो जाता है। मामी घर में किकियाती है। शरबतिया धीरे से मनमोहन के कमरे में आकर दरवाजा बन्द कर देती है। मनमोहन आँख मूँदकर सोने का बहाना बनाकर लेटा रहता है। शरबतिया बिछावन के पास आकर धीरे से पूछती है, "सो गए मोहन भैया?" फिर धीरे से पास में बैठकर बालों पर हौले-हौले हाथ फेरती है और गाल-कपाल, होंठ पर बारी-बारी चूमती है। तब...तब...? क्यों उसने कह दिया कि दिक्कत नहीं होती?...और, घर से इतना जल्दी वह क्यों भाग आया है? काका को आम पहुँचाने अथवा शरबतिया को खिलाने?...नहीं, 'डिस्टर्ब' होता है। बहुत होता है। आज शरबतिया जरूर किसी समय एक बार इधर आवेगी।...नहीं, वह, आँख मूँदकर सोयेगा, बहाना बनाकर।...लेकिन, उस दिन स्टेशन पर फोरबेस साहब की बेटी अपने भाई को प्लेटफार्म पर, उतने लोगों के सामने जो इस तरह चूम रही थी।...वे अंग्रेज हैं, सही! मगर आदमी ही हैं।...प्रियोदा कह रहे थे कि शरबतिया को देखकर बहुत दया आती है–'साइमन-बायकॉट-शहीद' की विधवा है... मनमोहन को 'दया' ही नहीं, 'माया' भी होती है शरबतिया को देखकर।...एक ही साड़ी-कुर्ता है, मगर रोज नहाती है और साफ-सुथरी रहती है।...मामी आज क्यों इतना 'किकिया' रही है?

हफीज साहब की याद आई।

अब 'हिस्ट्री' कौन पढ़ाएँगे–नूरजहाँ जब पान खाती थी।...प्रियोदा की माँ पान खाती है–उनको पान खाते देखकर मनमोहन को सदा हफीज साहब की बात याद आ जाती है...नूरजहाँ जब पान खाती थी...आज आम खाकर प्रियोदा की माँ बोली थी–"ठीक तुम्हारी तरह मीठा और सुगन्धित तुम्हारे बगीचे का आम भी है, सेकेण्ड मास्टर साहब ने कहा था–'कलम आम बेसी खाबे ना। बीजू आम खाबे। बुझले?' प्रियोदा से कहना, 'डिस्टर्ब' होता है।...लेकिन, छुट्टी के बाद वह 'स्टुडेंट्स-होम' में जरूर चला जाएगा।...नहीं तो...नहीं...तो किसी दिन वह एक घूँट दारू पी लेगा, घुघनी खाकर...किसी दिन...किसी

दिन...हे वीर! विवेकानन्द स्वामी की मूर्ति...जागो, उठो, बढ़ो, लोहे की देह में बिजली...!

मनमोहन ने उठकर लालटेन की रोशनी को तेज किया और 'विवेकानन्द-वाणी' खोलकर पढ़ने लगा। नहीं, तस्वीर देखने लगा।... बहुत देर तक एकटक देखता रहा।...नहीं, दुर्गा आर्य की बात ठीक नहीं।...मूर्ति और तस्वीर...प्रतिमा...तब...बाधा-यातीन की तस्वीरवाली किताब को सरकार ने क्यों जब्त किया? वह तस्वीर जिसके पास पाई जायेगी, छह महीने की सजा होगी, पाँच सौ रुपए जुर्माना!

"सोओगे नहीं आज...मोहन भैया?"

"नहीं।"

"पानी पियोगे?"

"नहीं।"

सत्रह

रविवार की सुबह कन्धे से झोला लटकाकर 'भीख' माँगने निकले हैं–'किशोर-क्लब' के सदस्य। पाँच-सात महीने में मनमोहन इस कस्बे के हर मुहल्ले के घर-घर में 'मुठिया' के लिए 'हाँक' लगा चुका है। हर गली के लोगों को वह पहचान गया है।

नए लोगों को समझाना पड़ता है।

मनमोहन मुजफ्फरपुर से आए हुए एक परिवार के लोगों को समझा रहा है, "आपका यह एक मुट्ठी चावल देश के हजारों पीड़ितों, दुखियों के लिए 'वरदान' है।...बाढ़, महामारी में तबाह लोगों को दवा, कपड़ा और सेवा...दे दे माई, एक मुट्ठी चावल!"

मनमोहन सोचता–हम लोगों के 'स्टुडेंट्स-होम' के लिए भी, देश के एक भाग में, उत्तर भारत के शहरों में मनमोहन की उम्र के विद्यार्थी हर दरवाजे पर झोली पसारकर भीख माँग रहे होंगे–'दे दे माई!'

...मुँह के ग्रास से निकालकर दिया हुआ अन्न! इकन्नी-दुअन्नी, पैसे...पन्द्रह विद्यार्थियों के लिए–'स्टुडेंट्स-होम'...मद्रास के महाराज जी भाषण दे रहे हैं–कुछ चुने-चुनाये प्रतिभावान बालकों को बचपन से ही अच्छे परिवेश में रखकर 'गढ़ना' ही स्टुडेंट्स-होम का काम होगा।...और आप देखेंगे कि ये 'कुछ' लोग ही समय पड़ने पर बहुत कुछ कर दिखाएँगे।

मनमोहन ने अपने बाबूजी को, माँ को राजी कर लिया है, "घर नहीं आने देंगे तो क्या हुआ? बाबूजी हमेशा जाते ही हैं। माँ भी पुष्पी

और गुनीजी को लेकर आ जाएगी—भेंट-मुलाकात करने।''

बड़े महाराज ने मनमोहन से पूछा, ''बाबूजी ने यह तो नहीं कहा कि खर्च नहीं देंगे।''

''नहीं महाराजजी, पूरा खर्च देंगे।''

पन्द्रह विद्यार्थियों की टोली!

पाँच विद्यार्थियों को 'पूरी माफी' मिली है, यानी रहने-खाने के लिए कुछ भी नहीं देना होगा। दो 'आधे-माफी' वाले विद्यार्थी ऊँचे दर्जे के हैं—जिन्हें सिर्फ दो वर्ष रहना है।

'स्टुडेंट्स-होम' में जाने के पहले मामी रोई थी, मटरू भी रोया था। शरबतिया ने पूछा था, ''भेंट-मुलाकात भी नहीं करने देंगे किसी से?''

''हर रविवार को मुठिया वसूलने के लिए तो आना ही पड़ेगा,'' मनमोहन ने जवाब दिया था।

मनमोहन ने स्टुडेंट्स-होम में पहुँचकर अनुभव किया—खाना-पीना, हँसना-बोलना, सोना-जागना, चलना-फिरना सबकुछ नये ढंग से जानना होगा। अब तक जो कुछ भी करता था, गलत करता था।

बड़े महाराज भोजन के समय लड़कों के साथ बैठकर ही भोजन करते हैं। एक लड़के को पहले ही दिन टोक दिया—इतना जल्दी-जल्दी क्यों निगलता है? गाड़ी से कहीं जाना है, क्या?...सुन लो! खाते समय हमेशा यही ध्यान में रखना कि तुम 'पूजा' कर रहे हो...हाँ, 'पेट-पूजा' ही असल पूजा है।

दूसरा, किताब के पन्ने उलटते समय मुँह में उँगली डालकर गीली उँगली से पृष्ठों को पलटता है।...तीसरा, हर बात का जवाब इस तरह देता है, मानो झगड़ा कर रहा हो।...

इब्राहीम और सूर्यनारायण ने पढ़ना छोड़ दिया और दोनों एक साथ 'कांग्रेस-शिविर' में रहते हैं। बड़े महाराज ने उन दोनों के लिए भी 'जगह' रखी थी। किन्तु बहुत समझाने पर भी वे पढ़ने को तैयार नहीं हुए। कांग्रेस-शिविर के एक वृद्ध सज्जन ने महाराजजी से कहा,

"आप देशप्रेमी लड़कों को भटकाते हैं। जरूर आप अंग्रेज-सरकार के 'पिट्ठू' हैं।

महाराजजी हँसते रहे। लगता है, कभी किसी बात पर क्रोध और दुख उन्हें होता ही नहीं।

लौटकर उन्होंने मनमोहन को बुलाया था, "मोना, तुमने, रामायण-महाभारत पढ़ा है?"

"जी, महाराजजी!"

'देखो मोना, तुम्हारे ऊपर मुझे बहुत भरोसा है। कभी 'झोंक' में आकर तुम भी पढ़ना-लिखना मत छोड़ बैठना।...अभी सीधे बढ़े चलो। राह में छाँव में कहीं बैठना नहीं है। कितने चौराहे आएँगे। न दाएँ मुड़ना, न बाएँ, सीधे चलते जाना।" बड़े महाराज बोलकर बहुत देर चुपचाप बाहर की ओर देखते रहे।

मनमोहन को लगा, बड़े महाराज के अन्दर 'माँ और बाप' दोनों एक साथ...!

महाराजजी ने पूछा, "प्रियोदा आज आया था?"

"जी!"

"क्लास लिया था?"

"जी!"

प्रियोदा तथा शहर के दो लड़कों ने रोज एक घण्टा 'स्टुडेंट्स-होम' में पढ़ाना स्वीकार किया है।...बड़े महाराज स्वयं अंग्रेजी, बंगला और हिन्दी पढ़ाते हैं।

आश्रम के बाहर सड़क पर हो-हल्ला सुनकर महाराजजी ने पूछा, "देख तो, क्या हुआ?"

मनमोहन सीढ़ी से नीचे उतर ही रहा था कि फाटक खोलकर हफीज साहब दौड़ते हुए अन्दर आ गए, "महाराजजी!...महाराजजी! मुझे बचाइए। सभी नापाकों ने मिलकर मुझे...या अल्ला...!"

साइकिल पर प्रियोदा आए। उन्होंने हफीज साहब को सँभाला, "मास्साहब! इस तरह हल्ला कीजिएगा, तो लोग जरूर पागल कहेंगे।"

हफीज साहब तुरत सहज हो गए, "अरे प्रियो, बेटा!...तुम्हारी बलैयाँ लूँ। मेरी आँखों के नूर हो तुम...!"

हफीज साहब ने महाराजजी को प्रणाम किया, "दंडवत महाराजजी! सुना है, आपके यहाँ कोई स्टुडेंट्स-होम खुला है और उसमें हिस्ट्री के टीचर की जरूरत है। आई एम एट योर सरविस। पूछिएगा लड़कों से—मेरी पढ़ाई हुई तवारीख कॉलेज में जाकर भी काम आती है।"

महाराजजी ने कहा, "आप तो चर्खा-कर्घा के प्रचार का काम करते हैं।"

"वह तो करता ही हूँ। यह 'प्राइवेट' काम करूँगा। सरोजिनी नायडू ने महात्मा गांधीजी को लिखा है, गांधी महात्मा ने लॉर्ड इरविन को तार दिया है...तार-तार-तार-तार कि टूटे न चरखा के तार—चरखवा चालू रहे...!"

हफीज साहब हाथों को नचा-नचाकर खुद नाचने लगे। बड़े महाराज ने उन्हें शान्त किया, "अच्छी बात। आप रोज आकर पढ़ाइए।"

"मैं पढ़ाऊँगा नहीं, इबादत करूँगा।"

"ठीक है।"

"मैं यहाँ नमाज पढ़ूँगा।"

"ठीक है।"

"महाराजजी!"

"कहिए।"

"मजहब नहीं सिखाता आपस में बैर रखना।"

"सही बात!"

"मन्दिरों में है खुदा और मस्जिदों में राम है!"

"है! ठीक कहते हैं आप।"

"दोनों का एक ही काम है! है न?"

"है।"

"तब मुझे क्यों पागल कहते हैं लोग?"

"लोग खुद पागल हैं।"

"हैं-ए-ए! आप सचमुच बड़े महाराज हैं। कहाँ रे! प्रियो बेटे, हाँ, जरा वह गीत गा तो। अभी रास्ते में तुमने सुनाया था। गा बेटे!"

प्रियोदा ने गा दिया, 'सबाय बोले आमाय पागल आमि सबाय के

पागल बोली।''

हफीज साहब गाने लगे, ''आमि सबाय के पागल बोली--आमि सबाय के पागल बोली--आमि ''सबाय के पागल बोली।''

प्रियोदा ने हफीज साहब को समझा-बुझाकर अपने साथ कर लिया, ''चलिए, सरोजिनी नायडू का तार आ गया।''

''आ गया? तार?--अरे तार-तार-तार-तार टूटे न चरखा के तार, चरखवा चालू रहे, मोरा चरखा के... ।''

''कितना भला आदमी! बेचारे की कैसी दुर्दशा हो गई!'' महाराजजी बोले।

मनमोहन ने कहा, ''कभी-कभी ऐसी बातें करते हैं कि पता नहीं चलता...मुझे देखते ही 'लौंगी मिर्च' कहना नहीं भूलते।''

''देखते चलो।'' महाराजजी मुस्कराए।

अठारह

मनमोहन को लगता है, पूर्वजन्म में वह किसी 'आश्रम' का विद्यार्थी ही था। स्टुडेंट्स-होम में आने के बाद उसे लगा कि बहुत दिनों तक इधर-उधर भटकने के बाद वह अपने 'घर' लौटा है।

आजकल वह 'तितलियाँ' बनाता है। सुनील महाराज—जो 'ठाकुर रामकृष्ण' की पूजा-आरती करते हैं और 'श्यामा-संकीर्तन' गाते हैं—को वह 'दादा-महाराज' कहता है। सुनील महाराज ने ही उसे तितलियाँ बनाने का भेद बतलाया है।...फूल के पौधे अथवा बेल या शहतूत के पेड़ पर किसी 'भूआ कीड़े' को रेंगते देखकर वे पुकारते, "मोना रे, शिग्गिर आय...जल्दी आओ। इस 'कीट' से 'कैसरे-हिंद' तितली बनेगी—पीले और हरे रंग की बूटेवाली तितली! इसको पपीते का पत्ता खिलाओ।...लेकिन, खाने में यह राक्षस है।"

लकड़ी के एक डिब्बे में मनमोहन उस कीट को पकड़कर आहार के साथ डाल देता है। भर-पेट भोजन करने के बाद वह धीरे-धीरे एक स्थान पर स्थिर होकर बैठ जाता है। सुनील महाराज हँसकर कहेंगे—अब यह समाधि में लीन हो जाएगा। अब 'कैटरपिलर' नहीं, अब 'प्यूपा' हो गया। मूक कीट! इस अवस्था में कई दिन तक रहने के बाद उसके चारों ओर एक कड़ा और चमकीला खोल लग जाता है। खोल के अन्दर भी कई दिन तक वह सोया रहता है...ध्यान-मग्न! एक दिन खोल फट जाता है और उसमें से सतरंगे पंखोंवाली सुन्दर तितली निकलकर बाहर आती है; थोड़ी देर तक पंख सुखाने के बाद हवा में

उड़ जाती है।

आज सुनील महाराज ने कहीं से दो कीड़े लाकर देते हुए कहा, ''यह लो। दोनों एक ही साथ मिल गये। एक से निकलेगा 'राजा', दूसरे से 'नवाब'...।''

अब तक मनमोहन ने एक दर्जन से अधिक 'शिशुकीटों' को पालकर, तितलियाँ बनाकर उड़ाया है। हर तितली के बारे में अपनी डायरी में वह लिखता जाता है और सुनील महाराज सामनेवाले पृष्ठ पर हू-ब-हू उस तितली को अंकित कर देते...कभी-कभी सुनील महाराज पहले से ही मूक कीटावस्था में ही चित्र बनाकर रख देते हैं– ''देखना, ठीक ऐसी ही तितली निकलेगी, और यदि शहतूत का पत्ता थोड़ा भी खाने को दिया हो तो 'स्वर्णधूलि' के असंख्य बूटे लगेंगे।''

तितलियों के उड़ जाने के बाद उसे अपूर्व संतोष और प्रसन्नता होती।...सुनील महाराज कहते हैं, ''अब गुलाब बनाओ।''

तितलियाँ उड़ जाती हैं। गुलाब की पँखुड़ियाँ झर जाती हैं। मनमोहन उदास नहीं होता। उसके मन की तितली नाचती रहती है, गुलाब सदा खिला रहता है।

'स्टुडेंट्स-होम' में 'भाई-चारे' की सीख सबसे पहले दी जाती है, इसलिए सभी विद्यार्थी अपने को एक ही परिवार की संतान समझते हैं। लड़ाई-झगड़ा, वैर-विरोध, ईर्ष्या-डाह–कहीं कुछ नहीं। एक-दूसरे की सहायता करने के लिए सदैव तत्पर।

किन्तु, ऊँचे दर्जे के दो विद्यार्थियों में एक है पूरन विश्वास, जिसको यहाँ की किसी बात पर पूर्ण विश्वास नहीं।

पूरन दसवें दर्जे में पढ़ता है। उसे भी दो बार 'डबल प्रमोशन' मिला है। 'स्कॉलरशिप' पाता है। खाते-पीते घर का लड़का है। होस्टल में रहता था, लेकिन जब उसने सुना कि 'होम' में दो सीट ऊँचे दर्जे के लड़कों के लिए भी सुरक्षित हैं, तो दर्खास्त लिखकर ले आया और रो-रोकर अपनी गरीबी के किस्से सुनाने लगा। महाराजजी ने 'हाफ-फ्री' कर दिया।

कुछ दिनों तक वह 'आज्ञाकारी बालक' बनकर रहा। किन्तु तीन महीने के बाद से ही वह हर बात पर तरह-तरह के सवाल उठाने लगा।

उसकी बुद्धि में यह बात नहीं आती है कि बिना किसी 'स्वार्थ' के कोई मनुष्य किसी की भलाई क्यों करने जायेगा? संन्यासी-महाराजों और बड़े महाराज तक की नीयत पर वह यदा-कदा शंका प्रकट करने लगा।...कोई बीमार पड़ता तो उसकी सेवा से कतराता, परीक्षा का बहाना बनाकर 'सेवकों' की सूची से अपना नाम कटवा लेता। और जब खुद बीमार पड़ा तो दिन-रात उसके पास हमेशा कोई क्यों नहीं रहता—शिकायत करने लगा।...ऊँचे दर्जे के लड़कों के साथ एक शर्त थी, उन्हें सप्ताह में कम-से-कम तीन 'ट्यूटोरियल क्लास' लेने पड़ेंगे। पूरन ने इसपर भी एतराज किया—'इतना समय देकर बाहर ट्यूशन पढ़ाऊँ तो बीस रुपये महीना देंगे!'—'संध्या-आरती' के समय उसे लगता कि उसका समय व्यर्थ ही नष्ट हो रहा है।...जिस दिन पूजा के लिए फूल चुनने की उसकी ड्यूटी होती, सुनील महाराज को स्वयं यह काम करना पड़ता। उसका विश्वास है कि 'स्टुडेंट्स-होम' से निश्चय ही कोई-न-कोई कुछ-न-कुछ फायदा संन्यासी-महाराजों को होता होगा। नहीं तो बिना 'स्वार्थ' के इस तरह कोई किसी की भलाई क्यों करेगा?...उसका खयाल है कि महात्मा गांधी के कारण ही महँगाई होती है और अकाल पड़ता है और अंग्रेजी सरकार को खत्म करने की बात, स्वराज्य की बात, पागलों का प्रलाप है।...वह रोज बाजार में चावल और सब्जी का दर-भाव पूछता है और हिसाब लगाकर कहता है, "दीनू महाराज 'सौदा' खरीदने जाते हैं और 'हाथ मारते' हैं!" यानी पैसा बचाते हैं।

पूरन अपने घर से पूरा खर्चा ही मँगाता है। स्कॉलरशिप के पैसे तथा घर से आया हुआ खर्च वह सूद पर 'पान' और सब्जीवालों को देता है—बीस रुपये सैकड़ा की दर से।

बड़े महाराज को यह बात मालूम हुई। उन्होंने पूछा तो पूरन ने 'भगवान-कसम' खाकर कहा, "नहीं, महाराजजी, सब झूठ बात है।"

छानबीन करने पर पता चला कि पूरन की 'महाजनी' के कारण कई मुहल्लों में यह बात फैल गई है कि संन्यासी-आश्रम के लड़के 'काबुली' से भी अधिक ज्यादा सूद पर रुपये लगाते हैं।

प्रियोदा ने सूचना दी, पूरन ने कई शिक्षकों से भी 'स्टुडेंट्स-होम'

के संबंध में झूठी बातें कही हैं।...थर्ड मास्टर साहब पूछ रहे थे कि 'स्टुडेंट्स-होम' में बिहारी लड़कों का ज्यादा खयाल नहीं किया जाता है क्या?...महाराज लोग भी 'बंगाली-बिहारी' का भेद-भाव रखते हैं, सुना है। पूछने पर बोले, "आश्रम के ही किसी लड़के से उन्हें ये बातें मालूम हुई हैं।"

पूरन ने कहा, "प्रियोदा झूठ बोलते हैं। इन्होंने मुझसे एक दिन पाँच रुपये उधार माँगे। मैंने नहीं दिये। मेरे पास पैसे थे नहीं, कहाँ से देता! इसलिए गढ़कर...।"

बड़े महाराज को अचरज हुआ, "प्रियोदा! तुमने उधार पैसे माँगे थे?"

"हाँ, महाराज!"

"किसलिए?"

"सूद पर रुपया लगानेवाले से बिना सूद पर रुपये मिल सकते हैं समय पड़ने पर, या नहीं, यही जानने के लिए।...इनके बैग में अभी भी दस रुपये हैं। पूछिए।"

"तुमको मालूम है, यहाँ कोई अपने पास पैसा नहीं रख सकता; सभी दीनू महाराज के पास जमा कर देते हैं।"

पूरन चुप रहा। प्रियोदा से कहा, "यदि दीनू महाराज रुपया हजम कर लें?"

पूरन उबल पड़ा, "आप चुगलखोर हैं।"

बड़े महाराज को अचरज हुआ। प्रियो ने ही पूरन की 'पैरवी' और सिफारिश करके उनको राजी किया था—'महाराज! पूरन खूब प्रतिभावान लड़का है। उसे रखना ही होगा।'...पिछले साल परीक्षा-फीस घर से नहीं आयी तो प्रियो ने ही व्यवस्था कर दी। इधर-उधर से किताबें बटोरकर पूरन को पहुँचाता रहता है।...और, उसने आज प्रियो को गाली दे दी?

बड़े महाराज ने उसको स्टुडेंट्स-होम से नहीं निकाला, किन्तु ऊँचे दर्जे के विद्यार्थियों के लिए सुरक्षित दोनों स्थानों को रद्द कर दिया। अब मनमोहन भी पूरन के बारे में कुछ कहना चाहता था, पर चुप रहा। वह जानता है कि पूरन क्रूर और निर्मम भी है।...दीनू महाराज

ने एक नेवले का बच्चा पाल लिया था। वह सभी से इस तरह हिल-मिल गया था कि नाम लेकर पुकारने पर दौड़ आता था।...एक दिन वह घूमता-फिरता पूरन के कमरे में चला गया। पूरन ने खड़ाऊँ से उसे मारकर कुचल दिया, 'साला! और खाओ मुफ्त का दूध और मछली!' शाम को 'नवल' बहुत पुकारने पर भी नहीं आया तो मनमोहन को याद आई—पूरन के कमरे में एक बार 'नवल' के चीखने की आवाज आई थी, किन्तु पूरन ने कहा कि उसने नहीं सुना।...दूसरे दिन काग-चील 'नवल' की पूँछ को लेकर आपस में लड़ रहे थे।

बड़े महाराज ने कहा, ''देखते चलो।''

मनमोहन देख रहा है! सुनील महाराज की बात वह सदा याद रखता है—'किसी से 'अधिक' की आशा मत करो!'

उन्नीस

भगतसिंह तथा उसके साथियों को फाँसी हो गई।

इस बार किसी को कुछ कहना नहीं पड़ा। खुद पूरी हड़ताल हो गई। इस बार न हेडमास्टर ने और न स्कूल के प्रेसिडेन्ट एस. डी. ओ. साहब ने किसी छात्र को धमकी दी। वे चुप रहे।

प्रियोदा ने कहा था, "मोना, लगता है, स्कूल छोड़ने से पहले एक बार फिर अकराम साहब के हाथ की 'पिटैया' लिखी हुई है।"

"नहीं, प्रियोदा!"

"तुमने कैसे जाना?"

"उस 'बेंत-काण्ड' के बाद हेडमास्टर साहब कभी हम लोगों से आँख मिलाकर बात नहीं कर पाते हैं। अकराम साहब तो मेरी ओर ताकते भी नहीं।...देखना, इस बार यदि सजा भी दी गई तो बेंत मारने को तैयार नहीं होगा।"

"बड़ा ज्ञानी हो गया है तू!"

इब्राहीम और सूर्यनारायण के बारे में खबर मिली है कि वे 'क्रांतिकारी-दल' में चले गए हैं; उन पर 'वारण्ट' है और वे दोनों फरार हैं।...कुर्की और जब्ती हुई है।

...मनमोहन अभी इधर-उधर नहीं देखेगा। सीधा चलता जायेगा। किसी चौराहे पर मुड़ेगा नहीं—न दायें, न बाएँ...?

...हफीज साहब को पागलखाने में भेज दिया गया। शरबतिया से उस दिन भेंट हुई थी। मनमोहन कुछ बोल नहीं सका। शरबतिया भी

टुकुर-टुकुर देखती रह गई। मटरू ने पुकारकर कहा था, "मोहन भैया, दीदी रोज रोती है। आओ न!"...बाबूजी एक दिन 'पुष्पी' को ले आये थे। बड़े महाराज ने मना कर दिया, 'बच्चे-बच्चियों को लेकर मुलाकात करने मत आइएगा।...' बाबूजी लजा गये थे। और पुष्पी अचरज से अपने भैया को बहुत देर तक अवाक् देखती रही–भैया न हँसता है, न बोलता है, न गोदी में लेकर प्यार करता है!...वह रोने लगी थी, अपमानित होकर। मनमोहन को याद है–पुष्पी के ओठ किस तरह 'फड़क' रहे थे। पुष्पी के मर्मस्थल में चोट लगी थी शायद। घर से मंसूबे बाँधकर चली होगी–भैया गोदी में लेंगे, मिठाई देंगे, खिलौने खरीद देंगे...!

काका जेल से सजा काटकर निकले। सीधे आश्रम में आये। बड़े महाराज ने कहा, "अब आपको यहाँ आने की जरूरत नहीं।...अपना काम देखिए।"

काका उदास होकर बोले, "एकदम जेल की सजा?"

प्रियोदा परीक्षा देने के लिए गये हैं। जाने से एक दिन पहले स्टुडेंट्स-होम के विद्यार्थियों को लेकर उस पार बालूचर पर 'पिकनिक' करने गये थे। बोले थे, "किशोर-क्लब के काम में ढिलाई न आने पाये। कृत्यानन्द, अशर्फी और भोला–तीनों उत्साही सदस्यों से जितनी सहायता चाहोगे, मिलेगी।...फिर बड़े महाराजजी तो हैं ही।"

उसी दिन प्रियोदा का एक चमत्कार देखा सभी ने।...पिकनिक से लौटते समय वे एस. डी. ओ. साहब मि. लूकस के बँगले के पास से गुजर रहे थे। एस. डी. ओ. साहब का खानसामा कुत्ते को टहला रहा था और आसपास के खेलनेवाले लड़कों पर कुत्ते को दौड़ा देता था, सीटी बजाकर। प्रियोदा पर भी उसने कुत्ते को 'हलकाया'। कुत्ता भौंकता हुआ झपटा, किन्तु पास आते ही दुम हिलाकर प्रियोदा को देखने लगा। फिर धीरे-धीरे पास आया, सूँघने लगा और प्रसन्न होकर खेलने लगा–अगले दोनों पैर उठाकर। खानसामा कुत्ते को पुकारता रहा लेकिन कुत्ता प्रियोदा के पीछे-पीछे दौड़ता हुआ चला आया–आश्रम तक। बाद में प्रियोदा ने ही कुत्ते को पहुँचा दिया।...तब तक खानसामा हण्टर की मार खा चुका था।

...किसी अंग्रेज को देखते ही मनमोहन को खुदीराम बोस की कहानी याद आती है। कम उम्र के लड़के भी देश के लिए जान 'निछावर' कर सकते हैं, बहादुरी दिखला सकते हैं।...वह सपने देखता है, कल्पना करता है--मि. लूकस को मारने का भार उसको सौंपा गया है। वह परमान नदी के उस पार बालूचर में झरबेरी की झाड़ियों में छिपकर बैठा है। मि. लूकस की गाड़ी पुल के पास आ गई। वह बम फेंकता है। न जाने कैसे मि. लूकस बाल-बाल बच जाता है और मनमोहन पकड़ लिया जाता है। उसे फाँसी की सजा सुना दी गई है। चारों ओर उसका नाम बच्चे-बूढ़े-जवानों के मुँह पर है। बड़ी-बड़ी तस्वीरें छपती हैं उसकी। फाँसी का फंदा?--कूप में घड़ा--घड़े के गले में फंदा। मनमोहन को लगता है, वह मिट्टी का घड़ा है!

अचरज होता है मनमोहन को। बड़े महाराज ने रविवार की शाम को 'धर्मनीति' पर बोलते हुए आदमी की देह की तुलना मिट्टी के घड़े से की है।

हफीज साहब के बारे में, सूर्यनारायण तथा इब्राहीम के बारे में प्रियोदा ने पूर्णिया से पक्की खबर भेजी है, बड़े महाराज को...हफीज साहब को पागलखाने के डाक्टरों ने 'पागल' नहीं माना। उन्हें रात में अच्छी नींद आती है। भूख भी लगती है। समझदारी की बातें करते हैं। सिर्फ 'चरखवा' वाला गीत का तार नहीं टूटता और सरोजिनी नायडू की मार्फत--दुनिया के सभी बड़े लोगों को खत और तार भेजने की बात नहीं भूलते! इसलिए उन्हें कैम्प-जेल पटना भेज दिया गया है।--सूरज और इब्राहीम पर कोई 'वारण्ट' नहीं और न वे किसी 'क्रांतिकारी-दल' में गये हैं। वे अपने बारे में खुद ही तरह-तरह की कहानियाँ गढ़कर सुनाते फिरते हैं और अपने को 'फरार' कहकर परिचितों से मोटी रकम वसूलने की कोशिश करते हैं।

सूरज और इब्राहीम ने ऐसा क्यों किया? क्या फायदा हुआ? मनमोहन सोचता है अपने बारे में--वह क्यों इस तरह के सपनों और कल्पनाओं में बेकार समय बर्बाद करता है? लोग उसका नाम लें, जय-जयकार करें, बहादुर कहें, उसकी तस्वीर छपे, गीतों में उसके नाम का जिक्र हो--ऐसा वह क्यों चाहता है?

मनमोहन ने तय किया, अब वह ऐसे सपने नहीं देखेगा।...लोग उसके लिए छाती पीट-पीटकर रोयें, ऐसा क्यों चाहता है?...वह अपने को बड़ा भारी चालाक समझता है। स्वामीजी ने कहा है—'चालाकी से कोई बड़ा काम नहीं होता है।'

प्रियोदा परीक्षा देकर लौट आये हैं। साल लौटते देर नहीं लगती। इस एक साल में ही मनमोहन ने कितने चौराहे पार किये—बिना अगल-बगल देखे आगे बढ़ आया है। बढ़ता जाता है!—

...रोज सुबह साढ़े तीन बजे, जागने की घण्टी बजती है। सामूहिक प्रार्थना के स्वर गूँजते हैं। पढ़ने की घण्टी, नहाने की घण्टी, स्कूल की घण्टियाँ, ट्रेजरी का घड़ियाल—टन-टन-ढन-ढन—टन-ढन-ढँ-ढँ-ढँ-ढँ-ढँ-ढँ-तू-ऊ-ऊ-ऊ-ऊ...ऊँ...सर्व मंगलमांगल्यं वरेण्यं वरदं शुभम्...!!

"आज दुर्गाबाजार कौन जा रहा है—'मधुकरी' के लिए?" बड़े महाराज पूछते हैं।

"मनमोहन और शिवनाथ।"

मनमोहन ने कहा, "मुझे कालीबाजार की ओर जाने दीजिए।"

"क्यों?"

मनमोहन चुप रहा। फिर धीरे से बोला, "महाराजजी...मोहरिल मामा की बेटी शरबतिया खाने-पीने के लिए जिद करने लगती है। नहीं खाता हूँ तो रोने लगती है।"

"ठीक है, तुम कालीबाजार ही जाओ।"

मनमोहन और हरेन्द्र झोली लेकर निकले। धीरेन बाबू की कोठी के पास जाकर दोनों दो ओर चले गये।

कालीबाजार की ओर 'भिक्षाटन' के लिए बहुत दिनों के बाद आया है मनमोहन, इसलिए लोग उसको देखकर चकित होते हैं, पूछते हैं, "तुम अभी तक हो? हमने सोचा कि बानर-सेना में नाम लिखाकर चले गये ससुराल!"

ससुराल—जेल!

शशिभूषण बाबू होमियापैथी के बहुत नामी डॉक्टर हैं। उनके दोनों जुड़वाँ लड़कों से मनमोहन की गहरी दोस्ती है। दोनों भाई दीपू-तपू उसे मोनादा कहते हैं। वे देखते ही किलक उठे—"मोनादा?"

भिक्षार्थी को कहीं बैठना, बेकार की बातें, बहस, झगड़ा करना मना है। मनमोहन मुस्कराकर कहता है, "माँ से मेरा प्रणाम कहो जाकर और जल्दी भिक्षा ला दो।"

भिक्षा लेकर जो लड़की आई, उसको देखकर मनमोहन देखता ही रह गया–साक्षात् भगवती दुर्गा की प्रतिमा-जैसी यह लड़की कौन है? लड़की ने झोली में अन्न डाल दिया। किन्तु मनमोहन झोली का मुँह खोले खड़ा रहा। तब लड़की हँस पड़ी, "और क्या चाहिए–आलू-बैंगन भी?–सीधा?"

मनमोहन को होश हुआ। लजाया। बोला, "नहीं। सीधा की क्या जरूरत?"

दीपू बोला, "मेरी बड़ी दीदी की बेटी है, नीलिमा। यहाँ पढ़ने आई है, बर्दवान से। चौथे दर्जे में पढ़ती है।"

तपू बोला, "वन्दे मातरम् गान इतना बढ़िया गाती है कि सुनोगे तो मोनादा, ईमान से तुम रोने लगोगे।"

दीपू ने पूछा, "सुनोगे?"

"आज नहीं।"

...यह किसको देखा मनमोहन ने आज? 'और क्या चाहिए? सीधा?–आलू-बैंगन?'–नीलिमा नाम क्यों? नाम होना चाहिए–लालिमा! एकदम लाल है चेहरा! ठीक दुर्गा की प्रतिमा के ओठों पर जितनी-सी मुस्कराहट छाई रहती है, आँखें भी वैसी ही तनी-तनी!

स्कूल की छुट्टी के बाद मनमोहन तपू-दीपू के साथ चला। तपू बोला, "माँ सुबह 'पूजा-घर' में थी। निकलकर बोली, 'मोना' इतना जल्दी चला गया?...चलो, तुमको देखकर बहुत खुश होगी।"

दीपू ने जोड़ा, "और दीदी भी। और नीलू भी।"

दोनों भाई एक ही जैसे हैं।–एक की गलती के लिए दूसरे पर डाँट पड़ती है। दीपू का 'प्राइज' तपू को मिल जाता है। दोनों को लेकर कभी-कभी हेडमास्टर साहब मुश्किल में पड़ जाते हैं।...और बीमार दोनों एक ही साथ पड़ते हैं, अच्छे भी एक ही साथ होते हैं। दोनों बहुत मीठी बोली बोलते हैं।

मनमोहन ने नियम भंग किया। दीपू-तपू की माँ ने जिद करके

हलुआ खिला दिया। नीलिमा ही लेकर आई थी। किन्तु उसने लौटा दिया था। तब माँ आई थी, "क्यों, इतने दिन के बाद आया है और यों ही चला जायेगा? ले खा!"

मनमोहन ने नीलू के हाथ से तश्तरी ले ली। नीलू मुस्कराई, मानो कह रही हो कि मैंने दिया तो लौटा दिया।

...सचमुच रोने लगा 'वन्देमातरम्' गीत सुनकर मनमोहन। गीत समाप्त करके नीलू हँसी, बोली, "किसी को रुलाने के लिए गीत मैं नहीं गाती।" और भागकर भीतर चली गई।

...पुष्पी भी ऐसी होगी? इसी तरह उसका चेहरा भी लाल हो जाएगा? वह भी गीत गाएगी?...शरबतिया साँवली है, लेकिन मन कितना साफ है!...पता नहीं, नीलू का मन कैसा?...शरबतिया की हँसी?

पन्द्रह दिन के बाद रविवार को फिर कालीबाजार में भिक्षाटन के लिए मनमोहन और हरेन्द्र को ही जाना था। मनमोहन ने बड़े महाराज से कहा, "महाराजजी, मुझे कालीबाजार नहीं, गाड़ीवानपट्टी में जाने दीजिए।"

"कालीबाजार में क्या हुआ?"

मनमोहन की आँखें झुक गईं। वह कोई उत्तर नहीं दे सका। चुपचाप खड़ा रहा।

तब महाराजजी ने तनिक भौंह पर बल डालकर कहा, "ठीक है। अब तुमको कहीं नहीं जाना है भिक्षाटन के लिए।"

दिन-भर उदास रहा मनमोहन। किसी काम में जी नहीं लगा।... उसकी क्यारी का वह गुलाब, जिसकी प्रतीक्षा में वह तीन महीने से बैठा था, जिसके रूप-रंग के बारे में उसने तरह-तरह की कल्पनाएँ की थीं, जिसे सींचते और गोड़ते समय उसे लगता था कि वह स्वामीजी की मूर्ति की पूजा कर रहा है; देहरादून के बड़े महाराज ने बड़े 'जतन' से जिसकी कलम कृपापूर्वक भेज दी थी, वह गुलाब—पीला गुलाब—'दि ग्रेट संन्यासी'...आज खिला है।

सुनील महाराज ने पुकारकर कहा, "मोना! ऐसे छे 'महासंन्यासी'

तोमारि द्वार...खोलो, खोलो द्वार...दौड़ के आ।...शंख ले आ, आविर्भाव हुआ...।"

भगवान की लीला! मनमोहन बाहर आया। उसने देखा, उसकी क्यारी में एक गैरिक वस्त्रधारी संन्यासी खड़ा हँस रहा है। उसने भक्ति-भाव से आँखें मूँदकर नमस्कार किया। आँखें खुलीं तो देखा, फाटक पर दीपू और तपू के साथ नीलिमा खड़ी मुस्करा रही है।

तपू ने पुकारा, "मोनादा, माँ ने बड़े महाराज के लिए नीबू भेजा है।"

दीपू पास आया, "मोनादा, आज तुम 'दे दे माई' करने नहीं गये। हम लोग तुम्हारी राह तकते रह गये।"

नीलू ने अपने छोटे मामाओं को हलकी झिड़की दी, "बड़े महाराजजी के पास चलो न!"

मोना अपनी क्यारी में चुपचाप खड़ा रहा। वे लौटे, तब नीलू बोली, "वाह! कितना सुन्दर गुलाब!"

दीपू, तपू, नीलू—तीनों ने बारी-बारी से मोना से पूछा, "इसका नाम 'दि ग्रेट संन्यासी'?"

...नीलू ललचाई निगाह से फूल को देख रही थी। यदि माँग बैठती तो मनमोहन क्या करता? क्या कहता? दे देता?...दूसरा खिलेगा तो जरूर नीलू को भेज देगा वह। दे आएगा, खुद!

शाम को 'आरती' के बाद मनमोहन बड़े महाराज के पास गया।

"क्या है मोना?"

"महाराजजी, मैंने गलती की है।"

"क्या हुआ?"

"मैं आज सुबह कालीबाजार नहीं गया।...बात यह है कि... महाराजजी, दीपू और तपू की बड़ी दीदी की बेटी नीलू, जो आज सुबह आई थी, वह बहुत बढ़िया गाती है। 'वन्दे मातरम्' गीत सुनकर मुझे रोना आया। महाराजजी, मैंने अपराध किया—स्कूल से दीपू-तपू के साथ चला गया—हलुआ खा लिया...उसके बाद रोज-रोज उधर जाने को जी चाहता है।...हलुआ खाने को मन ललचाता है।...गीत सुनने की इच्छा होती है।...गीत सुनकर मुझे...नीलू को देखकर माँ की याद

आती है, पुष्पी की याद आती है। घर भागने को मन करता है।... महाराजजी, मुझे क्षमा कर दें!''

बड़े महाराज बहुत देर तक चुपचाप उसके चेहरे की ओर देखते रहे। बोले, ''तोर भैय नई...डरने की जरूरत नहीं।...भैय नहीं!''

...मा भैः! मा भैः!!

बीस

मनमोहन कभी नहीं डरा।

रोज सुबह साढ़े तीन बजे जागने की घंटी बजती है। प्रार्थना की घंटी, स्कूल की घंटी, ट्रेजरी का घड़ियाल एक साथ बजते हैं। शीतकाल समाप्त हो जाता है, गर्मी शुरू होती है! धू-धू कर चलती हुई पुरवैया और पछिया हवा में सूखे पत्ते झड़ते हैं, उड़ते हैं—बालू पर परमान नदी के उस पार धूल की आँधी धूम मचाती रहती है, कोयल कूकती है, आम फलते हैं, आकाश झरता है—धरती भीगती है, डूबती है...घंटे, घंटियाँ, घड़ियाल एक साथ बजते रहते हैं, खेतों में अन्नपूर्णा मुस्कराती है, 'दुर्गाबाड़ी' में मिट्टी की प्रतिमा के ओठों पर कारीगर बहुत सावधानी से लाल-लाल मुस्कराहट अंकित करता है; ढोल बजते हैं—हरसिंगार झरते हैं—कापी-किताबों के पृष्ठ-पन्ने फड़फड़ाते हैं—उड़ते हैं। कैथोलिक चर्च की फुनगी पर 'क्रॉस' बाँहें पसारकर खड़ा होता है। बड़ा दिन आता है और कैलेंडर को हटाकर नया साल शाल-दुशाल ओढ़कर प्रकट होता है, हाथ जोड़कर अभिवादन करता है...!

प्रियोदा कलकत्ता में पढ़ते हैं। पूरन ने प्रथम श्रेणी में मैट्रिक पास किया। सूर्यनारायण और इब्राहीम फिर लौट आए। हेडमास्टर साहब ने अवकाश ग्रहण किया। नए हेडमास्टर आये। प्रमोद बाबू को बुढ़ापे में लड़का हुआ। हफीज साहब जेल से निकलकर भी पागल ही रहे। मनमोहन बड़ा हो गया, लम्बा हो गया। दाढ़ी-मूँछ उग आई है, मगर देखते ही 'लौंगी-मिर्चा' कहना नहीं भूलते। 'पढ़ो बेटे। मैं सरोजिनी

नायडू को लिख दूँगा।...तार-तार-तार!...'

...माँ, पुष्पी, शरबतिया और नीलू की सूरतों को लीप-पोतकर दो बड़ी-बड़ी आँखें सदा मनमोहन के मानस-पटल पर अंकित हो जाती हैं। बाबा आते हैं। काका आते हैं, मनमोहन चुपचाप उन्हें देखता है। 'दे दे माई'...उसके स्वर को सुनकर शरबतिया दौड़ी आती है। हँसती है–'गले की आवाज ही नहीं, चेहरा भी बदल गया है!...राह में चौराहे पर स्कूल जाती और लौटती नीलू आँखें उठाकर देखती नहीं; चुपचाप चली जाती है...टमटमवाला घोड़े की रास खींचता है मोड़ पर–बचके!'...मनमोहन बच जाता है, बाल-बाल!

"बचो-बचो, भागो-भागो...!"

धरती डोलती है!

"भूकम्प!"

"भू-मि-कं-प!"

...1934, 15 जनवरी!

प्रलयंकारी भूकम्प की विनाश-लीला की खबर चारों ओर से आती है। मुंगेर, मुजफ्फरपुर, दरभंगा में हजारों लाशें पड़ी हुई हैं। मलबे के नीचे हजारों जानें दम तोड़ रही हैं। रेलगाड़ियों का आना-जाना बन्द है। धरती फोड़कर पानी की धाराएँ निकली हैं। असमय में ही चारों ओर बाढ़...! आकाश में गिद्धों के दल मँडराते हैं। कुत्ते और सियार धरती पर लड़ते हैं। महाश्मशान...सारे उत्तर बिहार में त्राहि-त्राहि मची हुई है!–

'महाराजजी, 'सेवादल' में हम लोग भी जाएँगे–हम सभी...।'

प्रियोदा की चिट्ठी आई है। वे कलकत्ता से मुंगेर के लिए रवाना हो चुके हैं–'सेवा-समिति' के साथ!...सूर्यनारायण और इब्राहीम ने भी 'सेवा दल' में नाम लिखाया है।

कस्बे के लोगों ने जी खोलकर मदद दी है, भूकम्प-रिलीफ-फंड में।...रुपये, अठन्नी, चवन्नी, दुअन्नी, चावल, कपड़ा, दवा, बार्ली, माचिस की डिब्बियाँ!

...महात्मा गांधी को रिहा कर दिया गया। सभी राजनीतिक बंदियों को और क्रांतिकारियों को रिहा कर दिया गया है।

...महात्माजी सीधे बाहर आ रहे हैं!

बीस स्वयंसेवकों को लेकर बड़े महाराज का जत्था चला।...चलते समय सुनील महाराज ने मनमोहन से कहा, "आदमी की सेवा नहीं, भगवान की सेवा करने जा रहा है। याद रखना!"

...कालीबाजार की सड़क से गुजरते समय मनमोहन का दिल धक्-धक् करने लगा।...नीलू? हाँ, नीलू ही है...इतनी बड़ी हो गई?. ..शायद बड़े महाराज इधर ही देख रहे हैं, मनमोहन की ओर। मनमोहन की आँखें बार-बार नीलू की ओर उठतीं। नीलू चुपचाप युक्लिप्टस के तने से सटकर खड़ी रही...।

...मुजफ्फरपुर!

तस्वीरों से भी भयंकर दृश्य, जिसकी कल्पना भी नहीं की थी मनमोहन ने! चारों ओर खंडहर...आह-कराह, दुर्गन्ध...महाश्मशान!

मनमोहन की ड्यूटी अस्पताल में पड़ी है!...हर अधेड़ के चेहरे पर वह अपने बाबूजी के मुखड़े की छाया देखता है। सभी घायल, बीमार औरतें उसकी माँ हैं...कितनी पुष्पी, नीलू, गुनीजी, शरबतिया दीदी, प्रियोदा...कितने-कितने...आह! चीख-पुकार...!

"बेटा रे बेटा, कहाँ गया रे बेटा!"

"हाँ माँ, मैं यहाँ हूँ।"

"पानी पिला।"

"भैया! भै-या-या-या!"

"क्या है दीदी?"

"बाबू रे-ए-ए-ए!"

"दवा पी लो भैया!"

"स्वयंसेवक! यहाँ 'बेड-पैन'।"

"हाँ, डाक्टर साहब!"

"ब्रह्मचारीजी!—इधर बार्ली।"

"येस सर!"

"गया-गया-गया-गया-गया... ।"

"नानी, रोओ मत।"

"हमको रोटी कौन देगा?"

"भै-या-या-या!"

"स्वयंसेवक!...'मृतक-संस्कार' वाले कहाँ हैं?"

"बाबू-रे-ए-ए-ए!"

"लीजिए। फल का रस पी लीजिए।"

—दिन-रात सभी मशीन की तरह खट रहे हैं। धरती खोदकर मलबे के नीचे से अधमरे लोगों को, मरे हुए लोगों की लाशों को निकाला जाता है। हजारों झोपड़ियों में लोग भरे पड़े हैं। विभिन्न सेवा-संस्थाओं के स्वयंसेवक अथक परिश्रम कर रहे हैं—आदमी की नहीं, भगवान की सेवा!

"महात्मा गांधीजी की जय!"

हजारों अभागों के चेहरे पर एक हल्की-सी आभा छिटक जाती है, "गांधीजी आये हैं।"

मनमोहन ने पहली बार इस महामानव को देखा। वह अपने वार्ड में रोगियों को पथ्य बाँट रहा था। अचानक स्वयंसेवकों की एक टोली के साथ महात्माजी उसके वार्ड में आये। मनमोहन के जी में आया, दौड़कर चरण छू ले, किन्तु बड़े महाराज की बात याद आई—गांधीजी चरण छूनेवालों को डाँटते हैं। वह चुपचाप बार्ली बाँटता रहा।... भगवान की सेवा।

गांधीजी उसके पास आये। धीरे से पूछा, "क्या बाँट रहे हो?"

"बार्ली।"

"बाँटो। बाँटो।...सेवा करो! परमेश्वर की सेवा है यह तो।"

कुछ देर तक दोनों हाथों को जोड़कर गांधीजी वार्ड के बीच में खड़े रहे।

"स्वयंसेवक! यहाँ बेड-पैन... ।"

मनमोहन जब तक रोगी के पास पहुँचे, गांधीजी 'बेड-पैन' उठाकर रोगी के पलँग के करीब पहुँच गये... ।

मुंगेर से प्रियोदा भी गांधी के दल के साथ आये हैं। उन्होंने राजेन्द्र बाबू से खूब हेलमेल कर लिया है। कह रहे थे, ''राजेन्द्रबाबू से कह-सुनकर महात्माजी के प्रोग्राम के लिए भी तय करवा दिया है।''

''स्वयंसेवक!''

डेढ़ महीने के बाद मनमोहन सेवादल के साथ जिस दिन लौट रहा था, उसे लगा—न जाने कितने आत्मीय स्वजनों से बिछुड़कर वह परदेश जा रहा है।...वॉर्ड के एक-एक रोगी का चेहरा सामने आता है, मिट जाता है।...कितनी आँखें, आँसुओं से डबडबाई—कितने मुरझाए ओंठ, दम तोड़ती, आत्माएँ, सभी मिलकर मनमोहन को घेर रहे हैं—'मत जाओ! मत जाओ!'

लौटकर मनमोहन ने देखा, उसकी क्यारी में सुनील महाराज ने 'जवाकुसुम' का पौधा लगा दिया है। उसको श्यामा-संकीर्तन की एक पंक्ति याद आई—'जवा होये फूटबो माँ गो तोमार चरण-तले!'

...ओ माँ! तुम्हारे चरण-तल में जवा-फूल बनकर खिलूँगा।...लाल अड़हुल!!

इक्कीस

गुनीजी तीन वर्ष का हो गया।

...तीन साल के बाद मनमोहन ने अपने छोटे भाई को देखा। बाबूजी, काका, माँ, पुष्पी परिवार के सभी लोगों के साथ गुनीजी मदनपुर के महादेवजी के मेले में जा रहे हैं–'मुंडन' करवाने। सिर में जटाए हुए घुँघराले केश! भोला-भाला मुखड़ा! किन्तु मनमोहन की गोद में नहीं आया। मनमोहन को माँ से बातें करते देखकर नाराज हुआ और गुस्से से ओठों पर दाँतों को बैठाकर आँखें तरेरकर मनमोहन को देखने लगा। मनमोहन हँसा, ''देखो मौसी, यह किस तरह मुझे डरा रहा है।''

माँ ने कहा, ''गुनी, भैया को डाँटता है रे!...वहाँ तो खूब भैयाजी पुकारता था।''

पुष्पी बड़ी हो गई। फर्स्ट बुक में मेढक की तस्वीर के पास पढ़ती है।

''अच्छा, बता तो, तुम्हारे देश का क्या नाम है?''

''भारतवर्ष।''

''वाह!''

गुनीजी ने भी कोई जवाब दिया।

माँ बोली–''इससे भी कुछ पूछ।''

गुनीजी बिना कुछ पूछे ही बोलने लगा, ''नीते-दौले लेल, ऊपल उले हवाजाज, लेल बोले जै जै काली...!''

काका ने मतलब समझाया, 'नीचे दौड़े रेलगाड़ी, ऊपर उड़े हवाई जहाज। रेल बोले जै जै काली...।'

बड़े महाराज ने गुनीजी को देखकर कहा, "यह तो दूसरा मोना है!"

गुनीजी ने कहा, "मोना ना! जनमोन...।"

"मोना नहीं, जनमोहन!"

सभी हँसे।

इस बार गुनीजी ने महाराज की ओर देखकर माँ से कुछ पूछा। माँ हँसने लगी, "...कहता है कि इनका भी 'मुंडन' हुआ है?"

बड़े महाराज जी ने गुनीजी को 'प्रसाद' दिया।

...आशीर्वाद दीजिए महाराजजी!

मनमोहन को याद आई, मुजफ्फरपुर में मलबे के नीचे से ठीक गुनीजी जैसे घुँघराले और जटाए हुए बालोंवाले एक लड़के की लाश निकली थी।...ठीक ऐसी ही सूरत!

वे चले गये। बड़े महाराज ने मोना से कहा, "तू क्यों नहीं गया? मैंने तो छुट्टी दे दी थी!"

...छुट्टी? न जाने कितनी छुट्टियाँ हुईं। मगर मनमोहन स्टुडेंट्स-होम से छुट्टी लेकर कहीं नहीं जाना चाहता। बाहर जब तक रहता है, जी उचाट रहता है। आश्रम की सीमा में पैर रखते ही सब दूर हो जाता है।

...फिर वही चक्र! ऋतुओं का, मौसम का, महीने का, दिन का!...स्कूल से हर साल एक दर्जन से अधिक विद्यार्थी पास होकर निकलते हैं। दो-तीन ऊँची पढ़ाई पढ़ने के लिए जाते हैं। बाकी इन्हीं अदालत, फौजदारी, रजिस्ट्री-आफिसों में किरानी, पेशकार, मुहर्रिर का पेशा शुरू कर देते हैं।...हर साल मलेरिया और काला-आजार अनेक प्रतिभावान लड़कों को लीलते हैं।...महँगाई, अकाल, अनावृष्टि के मारे हुए किसानों पर जमींदारों का जोर-जुल्म, अत्याचार होता है! अदालत में कुर्क किये माल-मवेशी की नीलामी होती है। जमीनें छीनी जाती हैं। फसल लूटी जाती है। मुँह पर पट्टी बँधे गुलामों की टोली सिर झुकाकर

आगे बढ़ रही है...क्रूर नौकरशाही चाबुक फटकारकर पीटती हैं—जानवरों को।

...राजा की 'सिलवर-जुबली' पंचम जार्ज की 'जुबली'—धूम-धाम से मनाने का हुक्म हुआ है। आनन्द मनाने का सरकारी आदेश!

...मनमोहन तथा उसके साथियों ने छोटे-छोटे 'यूनियन जैक' खरीदने से इनकार कर दिया। हेडमास्टर साहब ने जुर्माना कर दिया।

...स्कूल के मैदान में किसी ने रात में तिरंगा झंडा फहरा दिया। हेडमास्टर साहब ने मनमोहन तथा उसके साथियों पर संदेह किया; स्कूल से निकाल देने की धमकी देने लगे। मनमोहन ने कहा, "सर, हम चुराकर कुछ नहीं करेंगे। जिस दिन झंडा फहराना होगा, खुले आम विधिपूर्वक फहराएँगे।"

आफिस के बाहर, मैदान में किसी की आवाज सुनाई पड़ी। हफीज साहब कह रहे थे—"हेडमास्टर साहब! झंडा मैंने फहराया है। जो सजा देनी हो, मुझे दीजिए।"

हफीज साहब ने तब तक भाषण शुरू कर दिया था अपना, "जसन मनाओ। फुलझड़ियाँ उठाओ, मिठाइयाँ बाँटो, सिलवर जुबली मनाओ! मगर, हफीज साहब सुथरा की बात गाँठ बाँध लो।...क्या बात? तो सुनो—'जाये के पड़ी तोहरा जाये के पड़ी—एक दिन छोड़ि के भरथवा तोहरा जाये के पड़ी-ई-ई-ई! सात समन्दर पार तोहरा जाये के पड़ी—और गांधी बाबा कहे प्रेम से, तू न सुने कुछ बतिया उनकी—घन-घन-घन-घन चरखा जब चलिहै—लन्दन के लुटिया डुबोये के पड़ी-ई-ई...।"

हफीज साहब नाचते-गाते चले गए।

हफीज साहब के बारे में एक अफवाह फैली है कि वे सरकार के सी. आई. डी. हैं। लेकिन मनमोहन एक दिन हफीज साहब को अपने हाथ से पेट-भर भोजन कराना चाहता है। उनको देखते ही लगता है, न जाने कब से हफीज साहब ने पेट-भर खाया नहीं है।

प्रियोदा ने कलकत्ता से लिखा है—पुलिस मेरे पीछे बेकार ही पड़ी है!

हरेन्द्र के पिताजी ने स्टुडेंट्स-होम को पाँच सौ रुपये और पाँच

बीघे जमीन दान में दिये हैं...सुनील महाराज देहरादून चले गए।

...पिछले पाँच साल से सुनील महाराज इस आश्रम में थे। पेड़-पशुओं को प्यार करनेवाले सुनील महाराज की आँखें, आश्रम छोड़कर जाते समय तनिक छलछलाईं भी नहीं। कम्बल लपेटकर बगल में लिया और 'ठाकुर' को प्रणाम करके चल पड़े।...हिसाब में एम. ए. हैं सुनील महाराज!

जाते समय बोले, "और क्या है मोना! अब तो किनारे पर पहुँच गया। तीन साल कटते देर नहीं लगेगी।"

सुनील महाराज की जगह पर आए हैं मोती महाराज! लगता है, सभी एक ही साँचे के ढले हुए हैं। संस्कृत और अंग्रेजी के प्रकाण्ड पंडित हैं, किन्तु बातें करते हैं, तो लगता है, वज्र देहाती हैं।

मोती महाराज तरकारी की खेती के पीछे पागल रहते। हरेन्द्र के पिताजी ने जो जमीन खरीद दी है, उसकी जुताई और सिंचाई की बात छोड़कर आजकल और कोई बात नहीं करते मोती महाराज। आश्रम के आसपास के लोग उन्हें 'तरकारी महाराज' कहने लगे हैं।

मनमोहन ने एक दिन देखा, मोती महाराज किसी से बातें कर रहे हैं और पिछवाड़े में जाकर देखा, 'कद्दू' के बीजों को जमीन में बो रहे हैं और कह रहे हैं—"मिट्टी-माँ को दाँतों से पकड़ना।...समझा? छोड़ना मत।...जिस दिन तुम्हारा अंकुर फूटकर निकलेगा--देखना, यह दुनिया कितनी सुन्दर है। फूलोगे, फलोगे और एक दिन मैं कहूँगा—भूख लगी है मुझे...।"

मनमोहन हँस पड़ा। मोती महाराज ने अचकचाकर देखा, "क्यों मोना, कद्दू की तरकारी तुझे अच्छी नहीं लगती?"

"जी।"

"कद्दू बेचारा सबसे सीधा-सादा होता है। इसीलिए इस इलाके के लोग सीधे-सादे लोगों को 'कद्दूदास' कहते हैं। और कद्दू नाम के आदमी को बच्चे चिढ़ाते हैं—'जद्दू बेचे कद्दू...'।"

मनमोहन के काका से मोती महाराज की खूब घनिष्ठता हो गई है। काका ने 'रत्ती' का बीज लाकर दिया है। मोती महाराज ने एक बीज हाथ में लेकर पूछा था, "जानता है, इससे सोना तौला जाता है।

यह है रत्ती।...और इसकी तरकारी खाओगे तो मोना से सोना हो जाओगे।''

''लेकिन यह तो जंगली तरकारी है।''

''अब घरेलू हो जायेगी।''

काका के साथ मोती महाराज और मनमोहन गाँव से हो आए। आकर बोले, ''इस इलाके के लोग तरकारी बहुत कम खाते हैं। दाल-भात के साथ दो टुकड़ा तरकारी का 'नमो-नमो' करके भात पर रख देते हैं—अचार की तरह।''

जिस दिन मोती महाराज की बगिया की तरकारी पहली बार रसोई में बनी, मनमोहन ने एक तुकबन्दी सुनाई थी—'मोती बाबा की बगिया की आज बनी तरकारी...।'

...हर मौसम की सब्जी और तरकारी मोती महाराज की कृपा से अब आश्रम में ही होती है। लगता है, सभी मौसम तरकारी की टोकरी लेकर आता है। जाड़े के बाद गर्मी, बरसात, आलू के बाद घुइयाँ, फिर रामतरोई, परवल। इसके बाद कद्दू-कोंहड़ा, झिंगुनी-करैला।...

मोती महाराज ने यहाँ के हर मौसम की हवा को परख लिया है, मिट्टी के चप्पे-चप्पे को पहचान लिया है।

साल-भर का लेखा-जोखा जिस दिन लगाया गया, सभी अचरज में पड़ गए।...इतने रुपये की बचत, सिर्फ तरकारी से?

मनमोहन से दीपू ने आकर कहा, ''नीलू जा रही है बर्दवान।... उस गुलाब का एक पौधा चाहती है, 'दि ग्रेट संन्यासी' का।''

''इसके लिए भी बड़े महाराज से कहना होगा?''

''हाँ रे।...नीलू फिर नहीं आयेगी लौटकर?''

''आयेगी क्यों नहीं!''

मनमोहन ने देखा, क्यारी में एक बड़ा-सा फूल खिला है...किन्तु वह नीलू को फूल नहीं भेज सकेगा।

बाईस

ढोल बजाकर, लोगों को जमा करके स्कूल के मैदान में विधिपूर्वक 'तिरंगा झंडा' फहराया गया। गांगुलीजी ने झंडे की रस्सी खींची। पुष्प-वृष्टि के साथ तिरंगा झंडा अररिया-कोर्ट के आकाश में लहराने लगा! स्काउटों ने सलामी दी। हेडमास्टर साहब के साथ सभी शिक्षक और विद्यार्थियों ने 'झंडा ऊँचा रहे हमारा' गीत गाया; 'महात्मा गांधी' और 'भारत-माता' का जय-जयकार किया।...मनमोहन ने नए नारे लगाये—"अमर शहीद यतीनदास—जिंदाबाद! अमर बलिदानी भगतसिंह—जिंदाबाद!!"

1936.... दो ही वर्षों के बाद मनमोहन की बात फैल गई। उसने हेडमास्टर साहब से कहा था, "सर, हम चुराकर कुछ नहीं करेंगे। जिस दिन झंडा फहराना होगा, खुले आम, विधिपूर्वक ही झंडा फहराएँगे।"

...हेडमास्टर साहब भूले नहीं हैं, इसलिए जब प्रांत में कांग्रेसी मंत्रिमंडल बना और शिक्षा-मंत्री का प्रोग्राम अररिया-कोर्ट के लिए भी तय हुआ, तो उन्होंने मनमोहन को बुलाकर कहा, "मनमोहन, सबकुछ तुम्हीं लोगों को करना है—वंदे मातरम् गीत, स्वागत-गान से लेकर सभा की कार्रवाई तक; हम कुछ नहीं जानते।"

शिक्षा-मंत्री जी आए। स्कूल के मैदान में सभा हुई।...नीलू बर्दवान से लौट आई थी। उसने अपनी दो सहेलियों के साथ 'वंदे मातरम्' गीत गाया। 'सारे जहाँ से अच्छा हिन्दोस्ताँ हमारा' मनमोहन और कृत्यानंद ने और अन्त में फिर नीलू ने एक गीत गाया—क्रांतिकारी

खुदीराम वाला गीत...'एक बार विदाय दाउ माँ फिरे आसी।'...नीलू अब साड़ी पहनने लगी है। तीन लड़कियाँ, तीन रंग की साड़ियाँ–सफेद-हरी-केसरिया। नीलू सादा साड़ी में और भी सुन्दर लगती है।

स्थानीय कांग्रेसी कार्यकर्त्ताओं ने मन्त्री महोदय के हाथ से 'शहीद-बालिका-विद्यालय' का शिलान्यास करवाने का कार्यक्रम बनाया था। कांग्रेस ऑफिस के सामने 'अनुष्ठान' के आयोजन के बाद सभा होनेवाली थी।

शिलान्यास के पहले जिला-कांग्रेस के सभापति ने पूर्णिया के शहीदों की वीरता और शहादत पर एक सारगर्भित भाषण दिया और प्रस्ताव किया कि मंत्री महोदय अपने पुनीत कर-कमलों से शहीदों की स्मृति में स्थापित इस बालिका-विद्यालय का शिलान्यास करें।

तालियों की गड़गड़ाहट में समर्थन और अनुमोदन किया गया। मंत्री महोदय अपने भारी-भरकम शरीर को तौल ही रहे थे कि दर्शकों के बीच से आवाज आई, "मैं 'संशोधन' करता हूँ।"

...कौन है?...अरे? मनमोहन! क्या कह रहा है? ऐ! ऐ बैठिए। बैठ जाइए!

कांग्रेस के कई स्वयंसेवक एक साथ दौड़े। दारोगा साहब भी सतर्क हुए, किन्तु मनमोहन खड़ा रहा। शोरगुल थमने के बदले बढ़ता गया।

–बैठ जाइए। क्यों खड़े हुए? क्या कहना है?

–बड़ा झंझटिया है यह लड़का!

"दोस्तो! पहले सुनिए कि यह लड़का क्या कह रहा है?" हफीज साहब की बात का तुरन्त असर हुआ।

...हफीज साहब को अब लोग 'चरखबाजी' कहने लगे हैं, "ठीक कहते हैं चरखबाजी! पहले सुनिए कि क्या..."

कांग्रेस के सभापतिजी ने विरक्त होकर कहा, "क्या कहना है आप...तुमको?"

मनमोहन ने शांत और नम्र भाव से कहा, "मेरा एक संशोधन है।...निवेदन है कि जैसा कि आपने अभी कहा कि शहीदों की शहादत के चलते ही हम आज यहाँ तक पहुँचे हैं...उनकी पुण्य स्मृति में जो

कुछ भी किया जाय, थोड़ा है।...आपने शिलान्यास के लिए माननीय मिनिस्टर साहब से अनुरोध किया है। मेरी उनसे यानी मन्त्री महोदय से प्रार्थना है कि वे इस पुण्य कार्य के लिए श्रीमती शरबतिया सहाय से अनुरोध करें...।''

''ऐ! ऐ! बैठ जाइए, बैठो।''

''पागल मास्टर का पागल चेला!''

''कौन हैं यह श्रीमती शरबतिया सहाय?''

''बैठ जाइए!''

मनमोहन हँस पड़ा। फिर कहने लगा, ''श्रीमती शरबतिया सहाय एक ऐसे शहीद की विधवा हैं, जिन्होंने 'साइमन लौट जाओ' का नारा सबसे आगे बढ़कर लगाया था और उन्हें पुलिस ने डंडों से पीटकर वहीं ढेर कर दिया था। शायद आपको उनका नाम याद हो...शहीद सुन्दर सहाय का नाम आपने कभी सुना हो! उन्हीं की पत्नी यहाँ महिला दर्शकों की भीड़ में उपस्थित हैं।''

जादू कर दिया मनमोहन ने। मंत्री महोदय ने सभापतिजी से कानाफूसी की। मंच के एक किनारे बैठे गांगुलीजी के चेहरे पर प्रसन्नता झिलमिलाने लगी। मंत्री महोदय ने उठकर कहा, ''भाइयो!... सबसे पहले मैं इस लड़के को धन्यवाद देता हूँ, जिसने इस मौके पर इतना कीमती और मौजू सुझाव दिया है।...जब यहाँ शहीद सुन्दर सहाय की विधवा मौजूद हैं और 'शहीद बालिका-विद्यालय' की नींव डाली जा रही है, तो...तो जाहिर है कि...उनके हाथों ही शिलान्यास होना चाहिए। मैं...मैं...श्रीमती शरबती देवी से अनुरोध करता हूँ कि वे कृपापूर्वक इस पुण्य-कार्य में हाथ बँटाएँ।''

तालियों की गड़गड़ाहट!

''महात्मा गांधी की जय!''

''भारतमाता की जय!''

...मनमोहन और रोबी महिलाओं के बीच से शरबतिया को ले आए। वह थर-थर काँप रही थी, ''मोहन भैया! मैं नहीं...तुमने यह क्यों... बाबूजी-माँ क्या...''

मनमोहन पाँच साल के बाद शरबतिया दीदी से बात कर रहा है,

पहली बार। "दीदी! चलो, देर हो रही है।"

दूसरे दिन 'पूर्णिया-समाचार' के मुखपृष्ठ पर बड़ी-सी तस्वीर छपी...शिक्षामंत्री, कांग्रेस के सभापति, जिला मजिस्ट्रेट, एस. पी., दारोगा, वकील-मुख्तारों से घिरी श्रीमती शरबती देवी...हाथ में चाँदी की 'करनी' से ईंट पर सीमेंट डाल रही हैं।...चेहरे पर सलज्ज मुस्कराहट अंकित है।

उस दिन कस्बा अररिया-कोर्ट की गली-गली में सिर्फ शरबतिया की चर्चा।...दूसरे मुहल्ले की औरतें दल बाँधकर उससे मिलने आतीं।

मोहरिल मामा से वकील-मुख्तारों ने ही नहीं, मुंसिफ साहब ने भी पूछा, "मुंशी सोखालाल, तुम्हारी ही लड़की की तस्वीर छपी है न?"

मटरू अब बड़ा हो गया।...उसको यह बात अच्छी नहीं लगती कि हर आदमी उसकी ओर उँगली उठाकर बतलाए और उसकी 'दीदी' का नाम ले।

मामी कहती, "फोटो छपा तो क्या हुआ? पिनसिन तो नहीं दिया कुछ।"

पड़ोसी की स्त्री ने 'दोधारी बात' कही, "तुम्हारा भांजा मोहन चाहेगा तो वह भी एक दिन मिल जाएगा...नमक का बदला चुकाना वह नहीं भूलेगा।"

महिलाओं के बीच से शरबतिया को बाहर निकलते समय मनमोहन ने देखा था। पास ही खड़ी नीलू उसकी ओर प्रसन्न नेत्रों से देख रही थी; कुछ नहीं बोलकर भी कह रही थी, 'तुमको बहुत-बहुत धन्यवाद!'

...धीरेन बाबू के यहाँ 'प्रीति-भोज' में भी नीलू की आँखें इसी तरह चुपचाप मनमोहन को आशीर्वाद दे रही थीं...सभी संन्यासियों और स्टुडेंट्स-होम के विद्यार्थियों को निमंत्रित किया था, धीरेन बाबू ने।...कालू की माँ और धीरेन बाबू के छोटे भाई—संन्यासियों और छात्रों को परोस रहे थे। नीलू बच्चों की पंक्तियों में पूड़ी परोस रही थी और बार-बार मनमोहन और उसके साथियों की ओर देखती थी। बच्चों की पंक्ति शोर मचाती खा-पीकर उठी। नीलू चुपचाप खड़ी रही बरामदे पर। कालू की माँ ने कहा, "खड़ी क्यों है, इधर 'खटमिट्ठी

चटनी' दो ब्रह्मचारियों को।"

लगा, इसी आदेश की प्रतीक्षा में थी वह। हुलसती हुई अन्दर गई और चटनी का कटोरा ले आई। मनमोहन ने न जाने क्यों पूछ दिया, "क्या है यह?"

"खटमिट्ठी चटनी, टोमेटो।...दूँ?"

"बाप रे, खट्टा भी, मीठा भी?" मनमोहन के मुँह से निकल पड़ा। नीलू खिलखिलाकर हँस पड़ी। मनमोहन को जब किसी बात पर अचरज होता है, तो उसके मुँह से 'बाप रे' अनायास निकल जाता है।

मोती महाराज अपनी पंक्ति में बैठे पुकारकर कह रहे थे, "लड़कों को पालक का साग एक बार और परोस दीजिए।"

नीलू इस बार साग ले आई और मनमोहन को सुनाकर बोली, "इस बार 'घास'..."

शिवनाथ ने कहा, "मोनादा को दीजिए। वह कच्चा ही चबाकर खाते हैं।"

"क्या?"

"पालक की पत्ती।"

"ओ!...मैंने समझा... "

...क्या समझा नीलू ने? हँसती हुई भागी क्यों?

...भोजन के बाद मुँह धोते समय बड़े महाराज ने पूछा था, "क्यों मोना, पेट-भर खाया तो?"—क्यों पूछा महाराज ने?—नहीं, महाराज इसी तरह पूछते हैं सभी से—"छोले की दाल अच्छी बनी थी?"

पान की थाली लेकर नीलू फिर आई। लेकिन पान कोई नहीं लेता। इधर पान खानेवाले कोई नहीं। नीलू भूली हुई कोई बात कहने लगी, "मोनादा, हम लोगों के बाग में भी 'दि ग्रेट संन्यासी' खिला है।"

तेईस

'धुतु तुतु-तुतु-तु-ऊ-ऊ–!'

स्काउट-मास्टर साहब का बिगुल? खतरे का बिगुल!–कहीं आग लगी?

'टू-टू-ऊ-ऊ-ऊ!'

मनमोहन ने सीटी फूँककर क्लब के सदस्यों को पुकारा, "दौड़ो! आग लगी गाड़ीवान-पट्टी में!"

...रात के अंधकार में लाल-लाल लपटें आकाश को छू रही हैं। बाँस और सरकंडों की चटकती आवाजें...आग!...मार-काट!

गाड़ीवान-पट्टी में पहुँचकर लोगों ने देखा, आग लगी नहीं–लगाई गई है। लगाई जा रही है। घर फूँके जा रहे हैं।–मार-काट हो रही है!

मनमोहन ने कहा, "कृत्यानंद, यह 'दंगा' हो रहा है रे-ए...दंगा! दंगा!...हिन्दू-मुस्लिम दंगा!"

...मारो-मारो! काटो! भागने न पाए। आग लगाओ।...बचाओ! बचाओ। अल्ला-हो-अकबर!...हर-हर महादेव!...मारो...मारो!! ठाँय-ठाँय!!–दुर्गाबाजार में आग लगी–रे-ए-ए! दौड़-दौड़कर–मारो-मारो, उधर भागो।...बचाओ...अल्ला-हो-अकबर...हे भगवान!...दुहाय बाबू-ऊ-ऊ! मेरा बच्चा!!...भाइयो! भाइयो!!...मारो साला को...आह! भागो-भागो!...हाय रे ए-ए-ए!...

एस. पी. साहब दो दर्जन मिलिटरी लेकर आए। धड़ाधड़ आसमानी फायर होने लगी। लोग तितर-बितर हुए। सेवादल, स्काउटों

की टोली आग बुझाने में लगी हुई है।...गुंडे आग लगा रहे हैं।...ठाँय... ठाँय...भाइयो!...भाइयो!!

सुबह को सारे शहर में सन्नाटा!

हफीज साहब और सूर्यनारायण घायल हुए हैं।...सैकड़ों आदमी पकड़े गए हैं; पकड़े जा रहे हैं।...सूर्यनारायण की हालत शोचनीय है। एक औरत को बचाते समय छुरा मार दिया गया उसे। हफीज साहब की देह पर किरासन डालकर आग लगा दी गई...।

सुबह को मनमोहन ने बड़े महाराज से कहा, "महाराजजी! मैंने...मैंने... रात में गणेशशंकर विद्यार्थी की...छाया...या...पता नहीं क्या—लेकिन, मैंने साफ-साफ देखा...ठीक गणेशशंकर विद्यार्थी जैसा आदमी इस शहर में तो कभी नहीं देखा...!"

बड़े महाराज ने अचरज से कहा, "तुमने देखा?"

"हाँ, महाराज!"

"सूरज ने कुछ वैसा काम किया है।"

...सूर्यनारायण ने अस्पताल में मनमोहन का हाथ पकड़कर कहा था, "मोना, प्रियोदा से कह देना, मैंने अपना 'वादा' पूरा कर दिया।... मोना रे, मैंने ऐसी ही मौत माँगी थी। छिः, रो मत भैया!...अभी भी बहुत दूर जाना है। बहुत काम करना है। बहादुर बनो! लोहे की देह में इस्पात की पेशियाँ...एक बार गा दे भाई, वह राम-रहीम...।"

मोना की आँखों से आँसू और कंठ से गीत एक ही साथ बहने लगे!

राम-रहीम ना जुदा करो भाई
दिल को सच्चा रखना जी ई-ई-ई!

...प्रसन्न-मुख सूर्यनारायण धीरे-धीरे आँखें मूँद लेता है।...सूरज डूब गया।...अर्थी पर प्रसन्न-मुख सूर्यनारायण सोया है—फूल-मालाओं के ढेर पर, तिरंगा कफन ओढ़े, मानो ध्यान से मोना का गीत सुन रहा है। मोना बेसुध गा रहा है।...चौराहे पर दूसरी अर्थी आकर मिल गई इस 'मौन जुलूस' के साथ—हफीज साहब का जनाजा—फूल-मालाओं से

ढकी देह, तिरंगे झंडे के कफन के पास उसका प्यारा चरखा...'किसान-चक्र'...भारतमाता की जय! महात्मा गांधी की जय!...हिन्दू-मुस्लिम भाई-भाई!...राम-रहीम ना जुदा करो भाई—तब मनमोहन ने शुरू किया, 'मोरे चरखा के ना टूटे तार, चरखवा चालू रहे...।'

उसी दिन प्रियोदा आए, शाम की गाड़ी से। उन्हें बंगाल से निकाल दिया गया है। यहाँ पहुँचते ही बिहार की पुलिस ने नोटिस तामिल कर दी है—शहर छोड़कर बाहर जाने के पहले पुलिस को खबर देनी होगी। रोज थाने में आकर हाजिरी देनी होगी।

प्रियोदा ने यह सब कबूल नहीं किया और पुलिस उन्हें पकड़कर ले गई। जाने से पहले मोना को कई किताबें दे गए। कह गए, "और ज्यादा दिन नहीं।"

...सुबह साढ़े तीन बजे प्रार्थना की घंटी बजती है...नहाने की घंटी, खाने की घंटी, ट्रेजरी का घड़ियाल—सभी एक साथ घनघनाकर बजते हैं।...परमान नदी में बाढ़ आती है।...कचहरी के लोगों की भीड़ लगती है, छँटती है...हिमालय के पंछी हिमालय को लौट जाते हैं दल बाँधकर। गर्मी आती है, बरसात होती है, जाड़ा पड़ता है—पुराने कैलेंडरों को समेटकर नया साल शाल-दुशाले ओढ़कर, मुस्कुराता हुआ उपस्थित होता है, नये साल का अभिवादन...!

...मनमोहन परीक्षा देने के लिए जा रहा है। अररिया-कोर्ट कस्बे को, स्टुडेंट्स-होम को और अपने प्यारे स्कूल को छोड़कर जाने का मन नहीं करता।

विदाई के दिन बड़े महाराज ने कहा, "मोना, यह परीक्षा तो देने जा रहे हो—सबसे बड़ी परीक्षा में कभी 'फेल' नहीं होना, यही शुभकामना है और प्रार्थना...।"

उस दिन मनमोहन की आँखें बार-बार कालीबाजार की सड़कों पर दौड़ती रहीं।—नहीं, मनमोहन धीरेन बाबू के घर के पास चौराहे पर नहीं रुकेगा।

किन्तु उसे रुकना पड़ा। दीपू और तपू के साथ नीलू खड़ी थी,

"हम लोगों की शुभकामनाएँ–तुम्हारे ही दिए हुए पौधे के फूल–'दि ग्रेट संन्यासी!' "

...विदा! बाललीला-भूमि!

...परमान की धारा के उस पार बालूचर पर प्रतीक्षा करनेवाले मित्रो! मैं फिर आ रहा हूँ।

...शरबतिया दीदी, प्रणाम!

...सूरज! हफीज साहब! सलाम!

...आ रहा हूँ। बहुत जल्दी ही!

चौबीस

किन्तु मनमोहन चार साल के बाद लौटा। चार वर्ष में कुछ बदला नहीं है, ऐसी बात नहीं। किन्तु मनमोहन को लगता है, पिछले महीने ही वह यहाँ से गया था।

...परीक्षा देने के बाद तीन महीने तक वह घर में रहा। कहीं नहीं गया। खेत-खलिहान, बाग, मैदान, नदी-पोखर, हाट-बाट और घाट में वह अपने छोटे भाई जनमोहन और बहन पुष्पी के साथ घूमता, दौड़ता, खेलता रहा।

...माँ ने एक दिन पूछा था, "तू दिन-भर इसी तरह मारा-मारा क्यों फिरता है?"

"देखती नहीं, कितने दिनों के बाद आया हूँ। गुनीजी को अब तक न किसी ने नदी में स्नान कराया था, न पोखरे में...।"

"अररिया-कोर्ट नहीं जाएगा? बड़े महाराज को दही पहुँचाने कौन गया?"

"काका।...मैं परीक्षा-फल निकलने के बाद जाऊँगा।"

गुनीजी ने आकर सूचना दी, "भैया, कलमबाग में एक सियार है, जिसके गले में मिट्टी की हाँड़ी की गर्दन...।"

"चलो, देखें। इसी सियार का किस्सा मैंने तुमको सुनाया था।"

माँ अपलक देखती रही, किन्तु उसे तुरन्त ही सपने का खयाल हुआ, "अपने बच्चे को सँभालो। मनमोहन उसको भी ले जाएगा।"

परीक्षा-फल के बाद मनमोहन बड़े महाराज को प्रणाम करने गया।

महाराज ने आशीर्वाद देने के बाद कहा, "अचरज की बात! जिस दिन के अखबार में तुम्हारा 'परीक्षा-फल' निकला है, उसी में एक खबर और छपी है। पढ़ा है?...पूरन की याद है न? पूरन विश्वास 'ओवरसियर' हो गया था। सरकारी नौकरी मिली थी। लेकिन नौकरी के छह महीने भी नहीं हुए, एक ठेकेदार से डेढ़ हजार घूस लेता हुआ पकड़ा गया।...आश्चर्य!!

चार वर्ष तक भागलपुर में रहा मनमोहन। किन्तु मन सदा अररिया-कोर्ट कस्बे की गलियों में भटकता फिरता। घर की याद बाद में आती। छुट्टियों में घर आता तो गाँव से बाहर कहीं जाने की तबीयत नहीं होती।...अररिया-कोर्ट आने का साहस नहीं होगा कभी।... शरबतिया, नीलू...उसको लगता कि अब वह यदि अररिया-कोर्ट-कस्बा जाएगा...तो...तो...फिर आगे बढ़ना सम्भव नहीं होगा।...नीलू को वह कुछ ऐसी बात कह देगा, जिसे सुनकर वह चुपचाप खड़ी रहेगी। मनमोहन...उसके उत्तर की प्रतीक्षा में चुपचाप खड़ा रहेगा।...खड़ा रह जाएगा वहीं।

चार साल के बाद, स्टुडेंट्स-होम में अतिथि होकर आया है मनमोहन। प्रियोदा जेल से छूटकर आये, फिर गये। फिर आये हैं, कुछ दिन पहले 'पैरोल' पर। माँ बीमार है उनकी।

...मनमोहन को प्रियोदा ने ही बुलाया है आवश्यक पत्र लिखकर... प्रियोदा ने कहा, "जानते हो, इस बार हिमालय को फोड़कर आग निकलनेवाली है। गांधीजी से अभी हाल ही में मेहरअली साहब मिलकर आए हैं। कह रहे थे—इस बार कुछ होकर रहेगा।...वर्किंग कमेटी की बैठक चल रही है बम्बई में। इसके बाद जो होगा, उसके कार्यक्रम का आभास मिल चुका है। इसलिए अपने-अपने क्षेत्र में सभी को तैयार रहना है...।"

नीलू मिली। मनमोहन ने हँसकर 'खटमिट्ठी' की याद दिलाई। नीलू ने कहा, "ठीक है, बहुत दिन बाद तुम सभी साथी इकट्ठे हुए हो!...कल यहीं भोजन करो न। माँ भी कह रही थी।...किन्तु पालक का साग अभी नहीं मिलेगा।"

"तू पकाना-बनाना जानती है?" प्रियोदा ने पूछा था।

किन्तु नीलू का निमंत्रण वह पूरा नहीं कर सका। कोई नहीं कर सका। वह भोजन बनाकर बैठी प्रतीक्षा करती रही...।

शरबतिया का चुमौना हो गया, ससुराल चली गई। मामी बोली, ''तुमको बहुत याद करती थी।''

सूरज और हफीज साहब की समाधि पर फूल चढ़ाकर वे लौट रहे थे–कृत्यानन्द, शिवनाथ, हरेन्द्र, अशर्फी, प्रियोदा, मनमोहन! विमल नाम के एक लड़के ने दौड़कर सूचना दी, ''गांधीजी गिरफ्तार हो गए। नेहरूजी भी।...बंबई में गोली चली है।''

''शुरू हुआ!'' प्रियोदा ने सभी की ओर बारी-बारी से देखा, ''तैयार!''

''बंबई से आई आवाज!''

''करो या मरो!''

...पूरब-पश्चिम, उत्तर-दक्षिण–चारों ओर बिखर गए सभी साथी। तय हुआ, परसों हर सदस्य अपने साथ स्कूल के विद्यार्थियों के जत्थे लेकर अररिया-कोर्ट आएगा–दस बजे से पहले!...ट्रेजरी और कचहरी पर झंडा फहराना होगा।...ऐ अंग्रेजो, भारत छोड़ो!

...चारों ओर से सैकड़ों विद्यार्थियों के जुलूस लेकर लोग पहुँचने लगे। स्कूल के सामने मैदान में 'केनिंग-ग्राउण्ड' में हजारों विद्यार्थी एकत्र हुए हैं। प्रियोदा भाषण दे रहे हैं।...रेल-तार काटे जा चुके हैं। पोस्ट-ऑफिस पर कब्जा हो चुका है।...ट्रेजरी का झंडा फहराना है।

–ऐ अंग्रेजो, भारत छोड़ो!

–क्रांति अमर हो!

–आगे बढ़ो!

–मोना, तू दाहिनेवाली सड़क से जुलूस लेकर बढ़।...कृत्या, तुम मेरे साथ चलोगे!

–आगे बढ़ो!

–ठहर जाओ! लौट जाओ!

–हम झंडा फहराकर ही लौटेंगे।

–आगे बढ़ोगे तो गोली मार दी जायेगी।

–कृत्या!...मेरे बाद तुम हो। झंडा जमीन पर गिरने मत देना।

—महात्मा गांधी की जय!

—प्रियोदा!...

—खबरदार! गोली मार दी जायेगी।

...प्रियोदा ने छाती तानकर कहा—मारो। मैं आगे बढ़ूँगा...।

—फायर!

—ट्रट्ठाँय! ट्रट्ठाँय!

—कृत्या-या!

—प्रियोदा!

—खबरदार! गोली मार दी जायेगी।

—मारो!...महात्मा गांधी की जय!

—ट्रट्ठाँय! ट्रट्ठाँय!!

—वंदे...

—मोनादा! मोनादा!! तपू मामा कोथाय? दीपू मामा कोथाय?...

—तपू मामा-आँ आ! दीपू-ऊ-ऊ-ऊ!...नीलू! तू घर जा। गोली चल रही है।

...कृत्या ने पुकारा—मो...ना...!

...अब मोना की बारी है—नीलू, मुझे छोड़ो...ना छोड़बो ना—दीपू मा-मा-मा!

...अशर्फी आगे बढ़कर झंडा सँभालता है।...ट्रट्ठाँय! ट्रट्टाँय!!—मो-ना...झंडा न झुके!!

...मोना कहाँ? भोला ने झंडा सँभाला। आगे बढ़ता है।

—ट्रट्ठाँय! ट्रट्ठाँय!!

—तपू-ऊ-ऊ-ऊ!

—पीछे हट जाओ! खबरदार!

...तपू चढ़ गया ट्रेजरी के ऊपर! झंडा लहराने लगा—तिरंगा झंडा! राष्ट्रध्वज! वन्दे मातरम्! ट्रट्ठाँय!...तपू नीचे गिरा।

...प्रियोदा, कृत्यानंद, अशर्फी, भोला और तपू—एक गिरता, दूसरा आगे बढ़कर उसके हाथ से झंडा ले लेता; दूसरा गिरता, तीसरा झंडा थामता। चौथे ने गिरने के पहले मोना को आवाज दी—अपने 'जोड़ीदार' को। किन्तु मोना को पकड़कर नीलू पागलों की तरह

चिल्ला रही थी–नहीं-नहीं। मोना न होता तो झंडा कौन सँभालता?... भोला के बाद तपू...तपू का लिस्ट में नाम नहीं था...।

...परमान के किनारे पर एक साथ पाँच चिताएँ धू-धूकर जल उठीं। हजारों आँखें एक साथ बरस पड़ीं।...पाँचों की चिताओं में 'मोना' ने ही 'अग्निदान' किया।...यही अन्तिम कामना थी प्रियोदा की...'जो बचेगा, वही हमारा अंतिम संस्कार करेगा।...चिता में आग देने के समय मोना ने कहा था, 'मैं जिंदगी-भर जलता रहूँगा तुम्हारी चिताओं की आग कलेजे में लेकर...तुमने मुझे पुकारा। कमांडर! तुम्हारी पुकार पर, तुम्हारे हुक्म पर–मैं...मैं दोषी हूँ।...अनुशासन भंग किया है मैंने। मुझे गलत मत समझना प्रियोदा, कृत्या, अशर्फी, भोला।...तपू! तू क्यों आता था?...

श्मशान में ही मनमोहन और इब्राहीम को गिरफ्तार कर लिया गया।

पाँच-पाँच चिताओं की आग में झुलसता हुआ मनमोहन, पाँच साल तक जेल और सेल में यही बुदबुदाता रहा–नीलू नहीं आती... नीलू नहीं होती तो इस ग्लानि की आग में क्यों तपता?...मुझे क्षमा करना साथियो, मैंने गद्दारी नहीं की।...

जेल से रिहा होने के बाद भागलपुर स्टेशन के प्लेटफार्म पर मनमोहन चहलकदमी करता रहा।–एक गाड़ी गई, दूसरी गई। किन्तु उसे साहस नहीं हुआ। एक बार गाड़ी में बैठ भी गया। गाड़ी चलने लगी तो उतर गया।

–नहीं। वह घर नहीं जायेगा लौटकर! वह मुड़ेगा नहीं। उधर मुँह नहीं करेगा।...नीलू के कारण वह मुँह दिखाने के योग्य नहीं रहा।... नीलू का क्या दोष? दोष मनमोहन का ही है।–खट्टा भी, मीठा भी!

उसने बाबूजी और काका के नाम एक चिट्ठी लिखी। पत्र में उसने स्पष्ट लिख दिया–'अब लौटकर नहीं आना है। मुझे क्षमा करें। मैं 'गृहस्थ' होने योग्य नहीं। इसलिए 'राजनीति' भी मुझसे नहीं हो सकेगी...मैं अपना नाम, गोत्र, जाति, जाति-संस्कार सबकुछ का परित्याग कर दूसरी बार जन्म लेने जा रहा हूँ।...आग में झुलस रहा हूँ।...गुनीजी...जनमोहन रहा। देश शीघ्र ही आजाद होगा।...गुनीजी की पढ़ाई-लिखाई मेरे कारण बन्द न हो। पुष्पी...!'

पच्चीस

काल : 1965, सितम्बर!

स्थान : देहरादून स्टुडेंट्स-होम।

तीन सौ किशोर बालकों की सामूहिक प्रार्थना का स्वर गूँज रहा है। स्टुडेंट्स-होम सेक्रेटरी स्वामी सच्चिदानन्द अपने दफ्तर में बैठकर एक सचित्र साप्ताहिक पत्रिका पढ़ रहे हैं। रेडियो से 'अमर वाणी' कार्यक्रम में स्वामी विवेकानन्द की वाणी प्रसारित की जा रही है।... राष्ट्रीय संकट की घड़ी में स्वामीजी की वाणी का सही अर्थ समझ में आता है।...लड़ाई थम गई है। भारत के वीर जवानों की बहादुरी की कहानियाँ सुनकर भरोसा होता है। भारत के उन महान पुरुषों ने ऊसर में बीज नहीं बोये थे।...

सच्चिदानन्द महाराज लड़ाई में वीरगति पाए हुए कच्चे-कच्चे नौजवानों की तस्वीर...नहीं देख सकते। आँखें छलछलाकर भर आती हैं और तस्वीरें अस्पष्ट हो जाती हैं।

वे समाचार पढ़ रहे हैं। एक तस्वीर के नीचे लिखा है–'15 सितम्बर फ्लाइट-लेफ्टिनेण्ट जे. मोहन ने शत्रु के व्यूह पर आक्रमण किया। शत्रु के विमानबेधी ने उसके विमान को क्षतिग्रस्त कर दिया। वह चाहते तो 'बेलआउट' करके, 'कॉकपिट' से कूदकर अपनी जान बचा सकते थे, किन्तु अपने विमान को खोना नहीं चाहते थे। जैसे भी हो, विमान की रक्षा करनी होगी। अपनी रही-सही ताकत लगाकर उन्होंने विमान को भारत की मिट्टी पर उतारने की चेष्टा की...उन्हें इस

बात का संतोष था कि दुश्मनों के तीन-तीन टैंकों का सफाया उन्होंने कर दिया है। अब कई लाख रुपए का यह विमान।... 'फोर्स्ड-लैंडिंग' करते समय उन्होंने देखा—नीचे मकान, सड़क और चौराहे हैं—भीड़ है। यहाँ विमान उतारने का मतलब है अनेक असैनिक नागरिकों की मृत्यु।...वे लौटे अपने अड्डे की ओर, किन्तु विमान में विस्फोट हुआ। और, एक ही 'प्राण' की हानि हुई—और उस एक 'प्राण' को सभी जनमोहन कहते थे।...अब उनकी लाश उनकी जन्मभूमि पर... ।'

स्वामीजी के अन्दर आग की लपटें नाचने लगीं। उन्होंने तस्वीर पर दृष्टि दौड़ाई...''अँ!...गु-नी-जी!''

प्रार्थना की घंटी, नहाने की घंटी, भोजन की घंटी, स्कूल की घंटी, ट्रेजरी का घड़ियाल...असंख्य घड़ी-घंट-झाँझ-करताल एक साथ बज उठे। बजने लगे। शंख-ध्वनि होने लगी...गुनीजी, तुम भी...माँ को छोड़कर...जनमोहन...माँ... ।

स्वामीजी ने अपने को सँभाला। उन्होंने आँखें मूँद लीं।...नीचे आकाश में कोई सफेद पंछी तीर के वेग से निकल गया—सशब्द— 'स-यों-यों-यों-यों!'...भैया के मन की ग्लानि को 'छू-मंतर' कर दिया गुनीजी ने!...आह! पाँच-पाँच चिताओं की आग में एक युग से झुलसते हुए हृदय पर चन्दन लेप रहा है कोई!

...कहीं नहीं। अभी ही...अब उन्हें माँ के पास दौड़ जाना चाहिए अब...मुड़ना होगा...माँ के पास...आ रहा हूँ माँ!

...नहीं। गुनीजी...कौन गुनीजी? कौन जनमोहन...कौन मनमोहन... कौन माँ?...इतने-इतने जनमोहन...सच्चिदानन्द! सच्चिदनान्द!!... सर्वशान्ति करो भव—सच्चिदानन्द!

''मौना महाराज!''

स्वामी सच्चिदानन्द का ध्यान भंग हुआ। उनकी आँखों में आँसू और ओठों पर हँसी देखकर अष्टवर्षीय बालक ठिठक गया।

''कौन? श्रीमन्त, क्या है?''

''आज आप हमें कोई कहानी नहीं सुनाएँगे?...हॉल में सभी बैठे हैं।''

"ओ! आज बुधवार है न?"

"जी!"

"चलो!"

सच्चिदानन्द परम प्रसन्न मुद्रा में बालक श्रीमन्त के साथ चले गये।

●●●